지은이

마쓰우라 야타로

1965년 일본 도쿄에서 □□□□□ □□ □□□□□□ □
간 미국에서 새로운 서□□ □□□ □□□□ □□□ □□□
도쿄 아카사카에 올드 매□□□ □□□ 店을 □었다. 2002년에는
자유를 테마로 트럭을 타고 여행하는 콘셉트의 서점 카우북
스COW BOOKS를 개점해 일본 셀렉트 서점의 선구적인 존재로
성장시켰다. 2006년부터 9년간 70년 역사를 가진 일본 최고
의 잡지 『생활의 수첩暮しの手帖』의 편집장을 지내며 전통 있는
잡지에 새로운 감각을 불어넣었다. 2015년 일본 최대의 레시
피 공유 플랫폼 쿡패드COOKPAD로 자리를 옮긴 그는 요리와 일
상의 즐거움을 전하는 웹사이트 '생활의 기본くらしのきほん'을 설
립하여 운영하고 있다. 또한 2017년 새로운 웹사이트 '맛있
는 건강おいしい健康'의 이사를 맡아 일과 생활에 활력과 재미, 배
움을 더해주는 정보를 제공하고 있다. 현재 유니클로 라이프
웨어 스토리 100의 책임 감독으로도 활약하는 그는 일본 젊
은이들이 가장 닮고 싶어 하는 인물 중 한 사람이다. 국내에
번역 출간된 저서로는 『마흔부터 다르게 살기』, 『일의 기본,
생활의 기본 100』 등이 있다.

울고 싶은 그대에게

잠들지 못하는
밤을 위한 편지

울고
싶은
그
대
에
게

마쓰우라 야타로 지음 · 부윤아 옮김

Kyra

들어가는 글

나이가 들수록 할 수 있는 일은 점점 늘어갑니다. 대부분의 일에 나름대로 적절히 대응하는 요령 같은 것도 생깁니다.

하지만 이상하죠? 나이가 들며 점점 더 불안해집니다. 불안한 마음을 무시하고 지나칠 수 없을 만큼 그 존재감이 더해갑니다. 불안이 점점 커지다가 나를 집어삼키는 것은 아닐까 싶습니다. 그런 기분이 들기 시작하면 아무리 피곤해도 잠을 이루지 못합니다.

잠들지 못하는 그런 밤에는 이런저런 생각이 차례차례 떠오릅니다. 미래에 대한 걱정, 나의 유약함,

하루 종일 얽혀 있던 감정들. 그런 마음을 무시하고 얼버무릴 수 없는 시간입니다. 내 안의 감정과 속속들이 마주할 수밖에 없습니다. 문득 울고 싶어집니다. 나도 모르게 눈물이 흐릅니다.

나이가 들면 들수록 잠들지 못하는 밤, 울고 싶어지는 밤이 늘어갑니다. 어쩐지 그런 기분이 커집니다.

잠들지 못하는 밤, 울고 싶어지는 밤에 문득 편지를 썼습니다. 받는 사람을 정해 두지 않았지만 편지를 쓰면 혼자서 다 끌어안을 수 없던 불안과 외로움이 조금씩 옅어집니다. 그리고 편지를 웹사이트 '생활의 기본'에 심야 한정으로 투고하기 시작했습니다. 밤 8시에 올라와 새벽 5시에 사라지는 편지입니다.

인터넷은 24시간 내내 언제든 누군가와 접할 수 있는 미디어입니다. 설령 답장을 받지 못한다 해도 '지금 이 순간 분명 그대가 읽어 줄 것'이라는 사실에서 위안을 얻었습니다. 수많은 이들이 남긴 댓글과 메시지가 마음의 버팀목이 되었습니다. 그 소중한 마음에 나름대로 답장을 하고 싶다는 생각에 원래 밤 8시부터 아침 5시까지만 읽을 수 있던 글을 모아 책으로 엮었습니다. 그 과정에서 새롭게 느낀 것 중 알맹이만 모아 '작은 생각'이라는 글로 덧붙였습니다.

잠들지 못하는 밤에 이 책을 곁에 두고 읽어 준다면 무척 기쁠 것 같습니다.

그대에게 보내는 이 편지를.

마쓰우라 야타로

차례

II. 그리고 우리

I. 밤과 나

나를 지켜 주는 부적

제게는 항상 수첩 사이에 끼워서 지니고 다니는 종이 한 장이 있습니다. 제 자신을 위해 쓴 부적입니다. 어떻게 살고 싶은지, 어떻게 되고 싶은지, 무엇을 지키고 싶은지, 무엇을 배우고 싶은지 등 스스로 생각한 내용을 쓴 종이입니다. 현실적으로 이루기 힘든 이상에 불과할지도 모릅니다.

물론 종이에 적은 내용을 전부 지키고 있는 것도 아닙니다. 대부분 지키지 못합니다. 이래서야 의미가 없는 듯 보일지도 모릅니다. 그래도 부적처럼 늘 몸에 지니고 다니며 때때로 꺼내 보고 생각나는 대로 고치거나 추가하기도 합니다.

어떤 내용을 적어 뒀는지 보여 드리겠습니다. 전부 너무 당연하게 여겨지는 것뿐입니다. 하지만 이 부적을 지니고 있으면 마음이 편안해집니다.

나를 지켜 주는 부적

◎ 정직할 것

◎ 친절할 것

◎ 어떤 상황에서도 솔직할 것

◎ 일을 즐기는 방법을 찾을 것

◎ 곤란한 일이나 생각대로 되지 않는 일에서 도 망치지 말 것

◎ 상대편도 나와 같은 사람이라는 사실을 잊지 말 것

◎ 서두르지 말 것, 바라지 말 것, 화내지 말 것

◎ 예의를 지키고 옷차림을 청결히 할 것

◎ 웃음을 잃지 말 것

◎ 휩쓸리지 말 것

◎ 부지런히 감사 인사를 전할 것

◎ 평온함을 잃지 말 것

◎ 자세히 관찰할 것

◎ 머리가 아닌 마음으로 생각할 것

◎ 상상할 것

◎ 돈에게 사랑받을 것

◎ 망원경과 돋보기를 준비할 것

◎ 맛있는 음식을 먹을 것

◎ 아름다운 것을 자주 볼 것

◎ 잘 살피고 생각할 것

◎ 키우고 지키고 계속할 것

◎ 망가뜨리지 말 것, 깨뜨리지 말 것, 나무라지
   말 것

◎ 좋은 점을 찾는 힘을 기를 것

◎ 건강을 지킬 것, 일찍 자고 일찍 일어날 것

◎ 부러워하지 말 것

◎ 최선을 다할 것

◎ 우선 스스로 생각할 것

◎ 참을 것

◎ 잘난 척 하지 말 것, 싸우지 말 것, 내가 제일

마지막이라 생각할 것

◎ 있는 힘껏 열의를 다할 것

◎ 잘 놀 것

◎ 스스로를 믿을 것

◎ 실패는 용기를 냈다는 증거

◎ 남을 돕고 사랑할 것

◎ 어떤 일도 어떤 사람도 좋아하도록 노력할 것

◎ 모든 것에 감사할 것

작은 생각 2

○ 망설여질 때는 글을 써 보자.

마음의 중심이 흔들릴 때는 아무리 똑바로 생각하려고 해도 머릿속이 어지럽기 마련입니다. 똑바로 서 있을 수 있도록 글과 친구가 되어 보세요. 소중한 생각을 종이에 적어 두는 겁니다. 나만을 위한 글을 써 보세요.

○ 도망치지 말고 정면으로 마주하자.

만약 자기 나름의 목표에 도달했다면 주변에서 일어나는 여러 가지 일에 올바르게 마주해 온 덕분입니다. '지금의 나'는 과거에 일어난 일을 얼마나 제대로 마주했는지에 따라 정해집니다. 정면으로 마주해야 할 일에서 도망치지 않았는가? 어떤 일이라도 피하지 않고 배울 점을 찾았는가? 이것이 앞으로 내가 어떻게 살아가게 될지를 정하는 갈림길입니다.

○ 생각을 써 둔 종이를 선물해 보자.

싫었던 일, 힘들었던 일, 경험한 일. 모두 삶의 중요한 보물이지만 그냥 두면 어느새 시간 속으로 흘러가 없었던 일처럼 잊히고 맙니다. '분명 도움이 되겠다' 싶은 소중한 지혜를 얻었나면 종이에 써 둡니다. 만약 누군가와 이야기를 나누다가 '아, 이 사람에게도 도움이 될 것 같아'라는 생각이 든다면 적어 둔 글을 건네세요. 그 사람이 몇 번이고 읽으며 '이 글에서 무

엇을 배울까, 앞으로 도움이 되겠지'라고 생각

할지도 모르니까요.

아름답게 서는 법

이십 대 초반 아오야마에 있는 '바·라디오Bar Radio'의 주인이자 바텐더인 오자키 고지尾崎浩司 씨를 만났습니다.

그 무렵 저는 예의도 모르고 할 줄 아는 것도 없으면서 건방지기만 한 철부지였습니다.

'바·라디오'는 사회 각 분야의 저명 인사가 드나드는 곳으로 유명했습니다. 혼자서는 발을 들일 생각도 못할 장소에 한 나이 많은 지인이 저를 데리고 갔습니다.

아마도 다른 사람의 말을 좀처럼 들으려 하지 않던 제게 오자키 씨가 일하는 모습을 보여 주고 싶었던 것이겠지요. 제가 무언가를 배울 수 있을 것이라 생각한 모양입니다.

"오자키 씨는 센노 리큐(千利休, 1522~1591, 일본 다도의 새로운 흐름을 만들며 다도의 대성자로 불리는 인물) 같은 인물이야." 그가 말했습니다. 그리고 저를 오자키 씨에게 소개했습니다. "앞으로 이 친구를 잘 부탁드립니다."

오자키 씨는 부드러운 미소를 지으며 "알겠습니다"라고 한마디 했을 뿐입니다.

그때부터 시작된 저와 오자키 씨의 관계를 여기서 모두 말할 필요는 없겠지요. 다만 오자키 씨에게 제일 처음 배운 것에 대해 써 볼까 합니다. 그것은 다름 아닌 '서는 자세'였습니다.

"똑바로 서 보세요."

오자키 씨의 말을 듣고 아무리 똑바로 서 보려 해도 잘 되지 않았습니다. 어쩐지 구부정한 자세가 되는 것입니다.

"자세가 기울었어요. 힘이 과하게 들어갔어요. 안

정적이지 못해요. 몸이 흔들리지 않도록 하세요." 계속 이런 말을 들었습니다.

"우선은 매일 단정하게 서는 연습을 하세요." 오자키 씨는 말했습니다. 흔들림 없이 똑바로 언제까지고 서 있을 수 있을 것처럼. 오자키 씨는 똑바로 서기조차 못하는 저를 끈기 있게 가르쳤습니다.

당시 저는 어른이 하는 말을 전혀 듣지 않아서 저를 보며 건방지다고 혀를 차는 사람이 많았습니다. 하지만 어째서인지 오자키 씨가 하는 말은 처음부터 솔직하게 받아들일 수 있었습니다.

"항상 나를 지켜보세요. 주의를 기울여 잘 관찰하세요."

오자키 씨의 움직임을 처음부터 끝까지 지켜본 덕분에 저는 많은 깨달음을 얻었습니다.

"응, 단정한 자세예요. 무척 아름다워요."

오자키 씨는 반년이 지나서야 제 모습을 칭찬했습니다.

"이렇게 아름다운 자세로 설 수 있다면 이제부터는 문제없을 거예요." 웃으며 이렇게 말하는 오자키 씨의 모습을 지금도 잊을 수 없습니다.

정말로 기뻤습니다. 저는 태어나 처음으로 인생에 있어 소중한 것을 배운 느낌이 들었습니다.

아름답게 서기 위해서 중요한 것, 바로 '힘을 빼는 것'입니다. 반년 동안의 훈련과 배움은 힘을 빼는 법을 익히기 위한 것이었습니다. 그로부터 20여 년이 흐른 지금도 저는 자신이 서 있는 자세가 아름다운지 오자키 씨의 시선으로 살펴봅니다. 겨우 그 정도의 일이라고 생각할지 모르지만, 저는 아름답게 서 있는 사람이 되고 싶습니다.

지금의 제게 당신의 기본이 무엇인지 묻는다면 '아름답게 서는 것'이라고 말하겠습니다. 그리고 무엇을 배우고 있냐고 묻는다면 '아름답게 서는 것'이라고 대답할 것입니다.

거기서 저의 모든 것이 시작되었습니다. 그리고 아직 완성되지 않았다고 생각합니다.

○ 자신의 몸도 빌린 것이다.

우리는 빈손으로 태어나 빈손으로 죽음을 맞이합니다. 아무리 비싸고 좋은 것이라도 마지막에는 전부 손에서 내려놓아야 합니다. 물건뿐만이 아닙니다. 우리는 손과 얼굴, 다리를 비롯해 몸 전체를 빌려서 살고 있습니다. 빌린 것이므로 소중히 다뤄야 합니다.

자존심을 버릴 것, 무조건 인내

저는 2006년 10월 『생활의 수첩暮しの手帖』(1948년 창간된 일본의 종합생활 잡지)의 편집장으로 취임하여 2007년 1월 25일에 리뉴얼 호를 발행했습니다.

새롭게 단장한 잡지를 세상에 선보인 1월 25일은 지금도 잊을 수 없습니다. 불안과 공포, 비판과 비난에 눌려 숨이 막힐 것 같았습니다. 제가 내세운 '가족 모두가 함께 읽는 잡지' 콘셉트는 독자층을 세분화하는 시대 흐름에 밀려 발행 부수가 줄어든 상태였습니다.

물론 완성도가 썩 만족스럽진 않았지만 우리의 믿음에 따라 아이디어를 실현하기 위해 할 수 있는 모든 일을 힘껏 해 나가며 작은 한 걸음을 내디뎠습니다.

발매 이틀 후인 1월 27일.

독자에게서 엽서 한 장을 받았습니다. 거기에는 리뉴얼한 『생활의 수첩』에 대한 감상과 격려의 글이 가득 담겨 있었습니다.

"무척 좋았습니다. 새로운 느낌이에요. 잡지 구석구석에서 마쓰우라 씨의 감성을 제대로 느낄 수 있었습니다."

저는 엽서를 읽고 힘이 탁 풀려 엉엉 소리 내어 울고 말았습니다. 그때까지 감상을 말해 주는 사람은 아무도 없었고, 회사에서는 물론 도서 유통회사에서도 제 생각을 그다지 좋게 받아들이지 않아 상당히 고립된 상태였기 때문입니다.

유명한 그래픽 디자이너 나카조 마사요시仲條正義 씨가 그린 표지의 어항 그림을 보고도 대부분 "추운 겨울에 웬 어항이지?"라는 반응을 보였습니다. 그래서 설마 이런 편지를 받을 줄은 생각도 못 한 것입니다. 하지만 여기 저와 같은 편이 되어 준 단 한 사람이 있었습니다.

엽서를 보낸 사람은 인기 있는 수많은 잡지를 만들어 온 대선배 편집자였습니다. 『생활의 수첩』리뉴얼 호를 발매일에 구입하여 보고는 바로 엽서를 써서 보낸 것입니다.

이렇게 격려의 말을 전한 사람은 그분이 유일했습니다. 저는 그분이 편집장을 맡은 잡지에 8년 가까이 에세이를 연재했습니다. 하지만 『생활의 수첩』 편집장으로 취임하며 연재를 그만두고 싶다고 일방적으로 말씀을 드렸습니다. 그랬는데도 계속 저를 응원해 준 겁니다.

그 후로 3년쯤 지나 어떤 이벤트에서 그분과 대담을 나눈 적이 있습니다. 판매 부수가 생각만큼 늘지 않아 편집장의 일과 역할을 고민하며 매일 잠들지 못하는 날을 보내던 때였습니다. 지금에서야 하는 말이지만, 당시 저는 정신과 상담을 받고 있었습니다. 현재까지도 여전히 진행되고 있는 마라톤 같은 길고 긴 치료의 여정을 막 시작한 차였죠.

저는 이렇게 물었습니다. "편집장이라는 일을 계

속하기 위해서는 무엇이 필요한가요?" 그러자 그분이 답했습니다.

"자존심을 버릴 것. 그리고 무조건 인내하는 것입니다."

그 대답은 충격적이었습니다. 저는 '뭐라고? 정말이야?'라며 당황했습니다.

'자존심을 버릴 것. 무조건 인내.'

마음속으로 그 말을 몇 번이고 반복하여 외웠습니다. 저에게는 티끌만큼도 없는 요소였기 때문에 처음에는 어떻게 이해해야 좋을지 몰랐습니다. 하지만 곧 그 말이 진실이라는 것을 알게 되었습니다. 곰곰이 생각해 보니 자존심이 강하고 자기중심적인 제 성격이 괴로움의 원인이라는 사실을 깨달았기 때문입니다. 물론 그 이유뿐만은 아닐 테지만 그분의 훌륭한 업적이 이와 같은 마음가짐으로 이뤄 낸 것이라고 생각하니 가슴이 저리고 그야말로 울고 싶어졌습니다.

저는 순순히 그 두 가지를 마음에 새기고 새로운 『생활의 수첩』을 만들기 위해 내일부터 힘내겠다고 결심했습니다. 그렇게 약 9년 동안 일을 계속했습니다. 그리고 2015년 3월, 입사할 때 회사와 약속한 목표를 달성했습니다.

'자존심을 버릴 것. 무조건 인내.'

특별할 것 없는 말로 들릴 수도 있으나 볼수록 의미가 깊은 말입니다. 제게는 무척 긍정적이고 참신하고 강하면서도 부드럽고 새로운 정신으로 느껴졌습니다.

다름 아닌 '모든 것에는 배울 점이 있다'는 정신입니다. 다양한 일을 똑바로 마주하고 자신과 어긋난 부분을 가능한 한 수정하여 모든 것을 그 안에 담아낸다는 의미입니다. 힘들고 괴롭고 자신이 한심하게 느껴질 때가 있습니다. 그렇지만 포기하지 말 것. 이를 악물고 참아 내야 합니다.

'자존심을 버릴 것. 무조건 인내.'

정말로 중요한 가르침입니다. 오늘도 내일도 모레도 늘 이 말을 마음에 품고 저는 앞으로 나아갑니다.

그래도 무척 어렵습니다. 저도 모르게 '제기랄'하는 욕이 새어 나오고 눈물을 떨구기도 합니다.

작은 생각 4

○ 조급해하지 말고 꾸준히 기다리자.

'왜 이렇게 마음대로 되지 않을까?' 이런 생각을 하는 사람이 많습니다. '왜 이런 일만 하게 되지?'라는 생각이 들기도 합니다. 마음이 조급해져서 발을 동동 구릅니다. 움직이고 싶어서 몸이 근질근질 합니다. 그래도 초조해하지 말고 꾸준히 기다리세요. <u>참고 인내하는 것이 중요합니다.</u>

○ 시간을 내 편으로 만들자.

모든 일에는 적절한 때가 있습니다. 누군가와의 만남에도, 어떤 일을 잘하게 되는 데도, 직업을 바꾸는 것도 퍼즐이 딱 맞아 떨어지듯이 모든 것이 자연스럽게 움직이기 시작하는 순간이 있습니다. 그때까지 조용히 진득하게 기다릴 줄 아는 사람이 시간을 자신의 편으로 만들 수 있습니다.

어떻게든 힘내서 세모

여러분께,

매일 보내 주는 수많은 편지 진심으로 감사합니다.

아침과 낮, 밤과 새벽, 여러분 각자의 마음이 편안해지는 시간에 쓴 거겠죠. 한 통 한 통 제 앞으로 확실히 전달되어 받아 보고 있습니다. 편지를 받으면 곧바로 읽습니다. 여러분의 편지가 지금 제가 글을 쓰는 힘입니다. 격려와 버팀목입니다.

이 마음을 어떻게 전달할지 늘 고민했습니다. 조금이라도 여러분에게 가까이 다가갈 수 있다면 좋겠다고 간절히 생각합니다. 그런 마음으로 요리를 하고 원고를 쓰고 여러 가지를 배우면서 하루에 하나라도 멋진 무언가를 찾아 보려고 노력합니다. 여러분께 도움이 될 만한 것이 무엇일지 찾아보고 기뻤던 일을 기억하며 하루하루를 보내고 있습니다.

그런 제 이야기를 조금 하겠습니다.

다른 사람이 제게 어떤 일을 해 주었을 때 기뻤는지 떠올려 봅니다. 그들이 기뻐할 만한 일이 무엇인지 찾습니다. 단지 생각하거나 찾아보는 것으로 끝내지 않고 하나하나를 잘 기억해 뒀다가 다른 사람과 사회를 위해 앞장서서 실천하려 합니다. 쑥스러워 하지 않고 우선 해 봅니다. 이보다 더할 수 없는 바보같이 보이더라도 주저하지 않고 그 일에 최선을 다합니다.

마찬가지로 제가 당해서 싫었던 일, 슬펐던 일, 상처받은 일을 생각해 봅니다. 슬퍼질 것 같은 일이 무엇인지 찾습니다. 그런 것을 찾아보는 것으로 끝내지 않고 하나하나 잘 기억했다가 어떤 일이 있어도 절대 하지 않겠다고 결심합니다. 주위의 모든 사람이 그렇게 한다고 해도 저는 하지 않습니다. 외톨이가 된다고 해도 하지 않습니다.

다른 사람이 해 줘서 기쁜 일.

다른 사람에게 당해서 싫은 일.

저는 이 두 가지 감성을 누구보다도 예민하게 기르고 싶습니다. 그리고 다른 사람보다 더 많이 상상해 보고 싶습니다. 점점 더 예민해지고 더 많이 상상하다 보면 스스로 무척 괴로워질지도 모릅니다. 그러나 사회생활이나 가족과의 관계에서 노력한다는 것은 이런 게 아닐까요? 감사하는 마음을 표현하는 것도 이런 것이 아닐까 합니다.

여러분은 어떻게 생각하세요? '힘들어, 포기할래'라고 생각할 수도, '그래도 나는 해 볼래'라고 생각할 수도 있습니다. 저는 어느 쪽이라도 상관없다고 생각합니다.

이 두 가지 선택지가 있다는 사실을 알고 있는 것만으로도 충분합니다. 당분간은 무리지만 언젠가 문득 이렇게 해야겠다는 생각이 들거나 조금 도전해 볼까 싶어질 때 해도 상관없어요. 정말입니다. 진심을 다한다는 것, 최고가 된다는 것, 최선을 다한다는 것이란 그런 것이라고 저는 생각합니다.

하지만 저 역시 매일 그 두 가지 사이에서 왔다 갔다 합니다. 오늘은 이렇게 해야지 생각하지만 어제는 포기했습니다. 하지 못했습니다. 내일은? 어떻게 될지 모르겠지만 가능하면 그렇게 하고 싶습니다. 하고 싶지만 할 수 없을 때도 있습니다.

무엇을 힘내서 한다는 건 이런 것이에요. 여러분, 일이란 이런 것입니다. 그리고 이때 흘리는 눈물과 땀이야말로 아름답습니다. 이를 위해 자존심을 버립니다. 그리고 인내하는 것입니다.

잘해서 동그라미를 그린 날이 있다면 잘했는지 어떤지 모르겠는 물음표인 날도 있습니다. 중간 정도 했을까 싶은 세모의 날도 있습니다. 저는 세모인 날이 많은 것 같아요. 저명한 의사이며 작가인 가마타 미노루鎌田寬 씨는 동그라미에 가까운 세모가 좋다고 책에 썼는데 정말로 적절한 말입니다. 누구나 동그라미만 계속 이어질 수는 없습니다. 그러므로 어떻게든 힘내서 세모. 그걸로 충분하다고 생각합니다. 어떤가요?

더 이해하기 쉽게 이야기하면 좋겠지만 잘 안 되는군요. 하지만 무리는 하지 마세요. 자신을 용서하고 소중히 여기세요.

여러분, 항상 고맙습니다. 보내 준 편지는 몇 번이고 되풀이해서 꼼꼼히 읽고 있습니다. 오늘 여기에 쓴 것은 단순한 글이 아닌 저의 목소리입니다. 제가 여러분께 드리는 답장입니다. 다음에 또 이야기 나눠요.

울고 싶어진 밤에.

작은 생각 5

○ 늘 솔직하자.

어떤 상대를 만나더라도 한 명의 인간으로 존중하세요. 의심하지 말고 거만해지지 말고 아첨하지 말고 비꼬지 말고 솔직한 마음과 말로 상대방과 마주하세요.

○ '남의 탓을 하지 않는다'고 결심하자.

오늘 여러 가지 일이 있었듯이 내일도 분명 다양한 일이 일어납니다. 자신을 지키기 위해 남을 공격하고 싶어질지도 모릅니다. '널 위한 거야'라고 상대에게 충고하고 싶어질지도 모릅니다. 하지만 옳은 조언을 하는 것과 상대를 공격하는 것은 종이 한 장 차이입니다. 그러므로 '남을 탓하지 말자, 공격하지 말자'라고 마음먹으세요. 공격은 아무 의미가 없으며 오히려 자신이 괴로워질 뿐입니다.

○ 화는 말로 표현하지 말자.

누구나 감정적이 될 때가 있습니다. 중요한 일일수록 마음이 흐트러지고 이성을 잃고 앞뒤가 맞지 않는 말을 내뱉고 맙니다. 그럴 때 '화는 말로 표현하지 말자'라는 규칙이 도움이 됩니다.

○ 말은 '양날의 검'이다.

한마디 말이 보물이 되고 평생 힘을 주는 부적이 되기도 합니다. 반대로 한마디 말이 마음을 도려내어 아물지 않는 상처가 되는 일도 있습니다. 말은 사용하기에 따라 무섭도록 날카로운 칼이 됩니다. 그 칼을 휘두르면 상대와 자신이 모두 상처받습니다. 괴로움으로 남습니다. 자신을 지키기 위해서라도 말을 할 때는 주의를 기울이세요.

기회가 오면 힘껏 방망이를 휘두른다

어떤 일을 할 때

성실하게 시키는 대로 틀리지 않게 능숙하게

마치 다 아는 것처럼 실패 없이

훌륭하게 아름답게 멋있게.

자신감을 가득 채우고

자, 해 볼까?

해냈습니다!

열심히 머리를 써서 했습니다.

이런 식으로 진행되는 일은 좋을지도 모르지만

적어도 제게는 그리 기억에 남지 않습니다.

어떤 일을 할 때

소중한 사람의 얼굴을 떠올리며

그 사람을 돕기 위해

이것이 자신이 마지막으로 할 수 있는 일이라고
생각하며 몸 전체의 신경을 집중해

보기 흉하더라도 꼴사나워도

남의 시선을 신경 쓰지 않고

자신의 몸을 잊을 정도로 마음을 다해

벌거숭이 모습 그대로를 내보이며 끝까지 해내기.

고맙다 고맙다 중얼거리며 똑바로 마주하여

단 5분 아니 3분이라도 시간을 잊고 피로를 잊고

할 수 있을지 없을지 두려운 생각까지 모두 잊고

깜깜한 어둠 속에 뛰어드는 것.

결과가 어떻게 나오든 기회를 잡는 것.

이런 것이라는 생각이 듭니다.

자존심을 버린다는 것은 이런 게 아닐까요?

기회는 평등합니다.

세상이 자신에게 '혹시 괜찮으면'하고 손을 내미

는 것.

누군가가 자신을 돌아봐 주는 순간.

그런 것이 기회입니다.

그때 어떻게 할까요?

기회는 언제든 찾아옵니다.

오늘도 내일도 모레도.

'앗'하는 순간 빠르게 지나쳐 갑니다.

'아, 또 가 버렸네' 싶게 대부분 스쳐 지나갑니다.

저는 지금까지 수많은 기회를 그냥 보냈습니다.

그래서 지금은 창피할 정도로 기회라는 타석에 서려고 필사적입니다.

그렇게 해도 수없이 헛스윙을 할 뿐입니다. 엉덩방아를 찧기도 하고 말이죠.

그래도 있는 힘껏 방망이를 휘두르고 싶습니다.

대부분 홈런은커녕 안타도 못 치지만

있는 힘껏 방망이를 휘두른 모습

그 마음과 자세는 기억에 남습니다.

강렬한 흔적을 남깁니다.

솔직히 휘두르지 않을 때도 있지만, 일이라는 게

그럴 때도 있잖아요. 인간관계도 생활도 마찬가지고요.

그저 온 힘을 다하는 모습을 모두가 서로 응원하는 것입니다. 모두가 서로 격려해 주는 거예요.

대부분이 헛스윙이더라도.

작은 생각 6

○ '자연스럽게 누군가가 불러 주는 때'가 있다.

이런 일을 하고 싶어, 글을 쓰고 싶어, 가게를 경영하고 싶어.

꿈이나 목표를 세우고 노력한다고 해도, 필사적이라고 손에 넣을 수 있거나 어떻게든 힘내서 도달할 수 있는 것이 아닙니다. 자신이 하고 싶어서 그 자리를 얻은 것이 아니라, 상대편에서 내가 필요해서 자연스럽게 불러 주는 때가 옵니다. 무언가 되고 싶다면 먼저 누군가에게 필요한 사람이 되세요.

○ 세상을 위해 봉사하자.

자신이 할 수 있는 일이 무엇인지 찾아봅시다. 나만 할 수 있는 일이 무엇인지 찾아보세요. 정말로 잘하는 일, 세상에 도움이 되는 일을 찾아보세요. 세상에 봉사할 수 있는 일과의 만남이 인연입니다.

○ 집착하지 않는다.

여러 기회가 있었는데 놓쳐 버렸다면 그 일은 자신에게 어울리지 않는 일이었을 뿐입니다. 무리해서 매달리지 말고 다음 기회를 찾아가세요. 다음 기회를 찾기 위해서는 솔직한 마음과 배우려는 자세, 항상 긍정적인 태도가 중요합니다.

○ '현재'에서 도망치지 말자.

누구나 모든 일이 잘 풀리지 않을 때, 일이 없을 때, 생각대로 되지 않을 때가 있습니다. 그럴 때는 피하지 말고 자신의 평소 마음가짐

을 다시 한 번 점검해 보세요. 남 탓을 하고 있
지는 않은지, 자신이 희생한다고 생각하고 있
지는 않은지 스스로에게 물어봅니다. 부정적인
태도로 '지금'에서 도망치면 성장은 멈춰 버립
니다.

부끄러워하지 않는 마음

하루를 마무리하며 긴장이 풀리는 순간

오늘 하루를 되돌아봅니다.

사실은 되돌아보고 싶지 않지만

나도 모르게 생각이 떠오르고 맙니다.

후회되고, 자신이 한심하게 느껴지고, 미안한 생각이 들고, 씩씩 화가 나기도 하고, 부끄러워졌다가, 인정하고 싶지 않은 일이 떠오릅니다. 잊어버리고 싶은 일도 있고 크고 작은 이런저런 일이 있습니다.

무심코 한숨이 새어 나옵니다. 하지만 그런 실패와 시원찮은 결과, 어중간함, 제대로 진행되지 않은 일을 똑바로 마주하지 않으면, 부족한 자신을 끌어

안고 '이게 나'라는 사실을 인정하지 않으면, 내일은 어디로 어떻게 가야 할지, 새로운 한 걸음을 내디딜 수 없습니다.

'그럼 내일은 어떻게 하지?'라는 생각에서 벗어날 수 없습니다.

사람마다 제각각 부족한 부분이 다르겠지만

나는 '부끄러워하지 않기' 위해 노력합니다.

부끄러워서 힘을 전부 발휘하지 못하기도 하고

부끄러워서 기회를 놓치기도 하고

부끄러워서 표현을 못하기도 하고

부끄러워서 쓰지 못하기도 하고

부끄러워서 말하지 못하기도 하죠.

'고마워요'라고.

그만큼 부끄러워하지 않는 것이 중요합니다.

가끔 부끄러워하지 않는 사람에게는 이기지 못하겠구나 싶은 생각이 듭니다.

여러분은 어떻게 생각하세요?

저는 누구도 한 적이 없는 표현을 일할 때 해 보려다가 조금 망설여져서 적당한 표현으로 수위를 조절한 적이 있습니다.

왜 그랬을까요?

사람들의 시선이나 주위의 의견을 신경 썼기 때문입니다. "그런 걸 잘도 하네?" 이런 말을 듣는 것이 싫었기 때문입니다.

무서웠습니다.

꼭 필요하다고 생각한 말이었지만 금세 부끄러워집니다.

일도 생활도 마음껏 즐기는 비법은 '부끄러워하지 않기'가 아닐까요?

온 힘을 다하는 것이나 최선을 다한다는 것도

'부끄러워하지 않는 마음'에서 시작합니다.

떠오르는 그대로 생각하고

하고 싶은 일은 두려움 없이 실행합니다.

그리고 그 마음을 끝까지 지키는 것입니다.

'부끄러워하지 않기'는 용기이자 각오입니다.

스스로를 속이지 않는 힘입니다.

지금까지 제가 걸어온 길을 되돌아볼 때 성공이

라는 말이 어울리는지 어떤지 모르겠지만, 무언가를 이뤄 낼 때는 '부끄러워하지 않기'가 큰 힘이 되었다고 자신할 수 있습니다. 일이 잘 되지 않았을 때는 부끄러워했기 때문이었다고 생각합니다.

부끄러워할 줄 아는 것도 중요하지만, 중요한 순간에 부끄러워하지 않는 사람이 되고 싶습니다.

알고는 있지만 쉽게 되지는 않아요.

하지만 부끄러워하지 않으면 하나의 한계를 뛰어넘을 수 있을 것만 같습니다.

한발 더 나아갈 수 있을 것 같은 기분이 듭니다.

바로 이때다 싶을 때 부끄러워하지 않고 행동하는 사람은 멋져 보입니다. 물론 장난스럽게 굴거나 주변 사람에게 민폐를 끼치지는 말아야 하겠죠.

내일은 꼭 부끄러워하지 않도록 노력해 보겠습니다.

○ '해 본 적 없는 일'을 해 보자.

여태껏 자신이 배운 것을 활용하여 지금까지 해 본 적 없는 일을 하는 것을 도전이라고 합니다. 얼마만큼 돈과 힘과 시간과 마음을 쏟아 넣는지에 따라 도전의 크기가 정해집니다.

○ '제로 설정'에 도전하자.

여러 가지 일을 제로에서부터 다시 시작하는 것은 큰 도전입니다. 새로운 일을 시작할 때는 그때까지 자신이 축적해 온 자료를 비워 내야 합니다. 새로운 연인과 사귀기 위해서는 지금 만나는 사람과 헤어져야 하는 것과 같습니다. 제로 설정으로 돌아간 다음날 아침은 누구나 새롭게 태어날 수 있습니다.

○ 한 번은 흐름을 끊어 보자.

한 가지 일을 계속 오래 지속하는 것만이 옳

다고 할 수는 없습니다. 왜냐하면 이 세상에 '절대'는 없기 때문입니다. 굳게 마음을 먹고 지금까지 해 온 흐름을 끊어 보세요. 하는 일이 바뀌었는데도 다른 방식으로 똑같은 일을 반복하고 있다면 그것은 도전이 아닙니다.

　○ 홀로 걷는 용기를 내자.

　지금 있는 곳에서 한 걸음 내딛는 것은 고독해지는 일입니다. 지금까지 쭉 함께 해 온 모두가 있는 장소를 떠나는 일이기 때문입니다. 자신을 잘 알고 함께한 사람들과 헤어지는 일입니다. 지금까지 있던 자리는 편하고 익숙하고 마음 놓이고 모든 것이 정돈되어 있습니다. 그런 곳에서 나와 한 번도 가 보지 않은 아무도 없는 곳으로 홀로 뛰어드는 것은 두려운 일입니다. 그래도 용기를 내어 고독을 시작하는 것이 도전입니다.

○ 성공을 잊을 것.

도전하는 목적은 성공이 아니라 배움에 있습니다. 성공하게 될지 실패하게 될지는 큰 상관이 없습니다. 처음 겪는 경험을 통해 새로운 무언가를 배우는 것이 도전의 첫 번째 목적입니다.

○ 오늘 '새로운 일'을 했는지 생각해 보자.

눈을 감고 오늘은 새로운 일을 했는지 되짚어 보세요. 하지 않았어도 괜찮습니다. 도전은 어려운 일이므로 매일같이 도전할 수 있을 리 없습니다. 그러므로 만약 오늘 새로운 일을 해냈다면 그것이 아무리 작은 일이라 해도 특별한 일입니다. 내일 새로운 일을 할 수 있을지 없을지는 모릅니다. 그렇다고 하더라도 내일은 항상 새로운 날입니다.

콤플렉스는 삶의 저력

잠깐 제 이야기를 들어 보세요.

콤플렉스에 관한 이야기입니다.

누구에게나 부담감을 느끼는 일, 아무리 해도 잘 해낼 수 없는 일이 있습니다.

사람마다 느끼는 콤플렉스는 정말로 다양합니다.

제 콤플렉스는 학력입니다.

이렇게 글로 쓰는 것조차 부끄럽습니다.

저는 고등학교를 중퇴했습니다.

고등학교를 제대로 다니지 않았고 대학은 어떤 곳인지도 모릅니다.

고등학교를 졸업하지 않아서 학창 시절 추억이

거의 없습니다.

고등학교를 그만두고 바로 공사 현장에서 일을 했기 때문에 흔히 말하는 청춘의 추억이라고 하면 아르바이트 기억 정도입니다. 시커먼 손톱과 땀 냄새.

누구를 만나도, 어디를 가도, 학력이 좋지 않으니 역시 아무것도 모른다는 취급을 받기 싫어서 억지로 책을 읽었습니다. 문학, 경제, 경영, 전기, 교양, 문화, 미술, 고전 등 손이 닿는 대로 읽었습니다. 만화는 일부러 읽지 않았습니다. '역시 그렇지'라는 편견의 눈길이 싫어서.

그때는 독서 따위 하나도 즐겁지 않았습니다. 지금은 좋아하지만요. 아무튼 학력이 좋은 사람보다도 많은 지식을 쌓으려고 온 힘을 다했습니다. 나중에 서점을 시작한 것도 분명 학력 콤플렉스가 그 바탕이 되었다고 생각합니다.

가장 괴로운 일은 "어느 대학을 나왔어요?"라는 질문을 받는 것입니다.

"다니지 않았습니다. 고등학교 중퇴예요." 저는 작은 목소리로 대답합니다.

그러면 사람들은 "그렇게 안 보여요"라고 합니다.

'그렇게 보이지 않기 위해 필사적으로 살고 있습니다'라고 마음속으로 중얼거립니다.

그렇게 보이지 않기 위해.

어쩐지 지금까지 제가 살아온 삶은, 아니 모든 것은 이 한마디를 따라온 것 같은 기분이 듭니다. 언제나 늘, 앞으로도 그렇게 보이지 않기 위해 살아갈 것이라는 생각이 듭니다.

자신다움이란 무엇에 있을까요?

세상에서 홀로 뒤처져 남겨지는 것이 무서웠습니다. 지금도 무섭습니다.

죄송합니다. 오늘은 여기까지…….

여러 가지 이야기를 하고 싶었지만 오늘은 여기까지 할게요. 결코 어두운 이야기를 하려던 게 아닙니다.

있는 그대로 자신의 저력이 어디서 나오는지 말하고 싶었습니다.

이어지는 이야기는 언젠가 다시 할게요.

○ 쓸데없는 욕망을 자제하자.

누군가와 무언가와 또는 세상과 자신을 비교해서 좋을 게 없습니다. 비교를 하는 이유는 쓸데없는 욕망이 작용하기 때문입니다. 쓸데없는 욕망을 스스로 조절할 수 있으면 많은 문제가 해결됩니다.

○ 오른손과 왼손 중 어느 쪽이 뛰어날까?

어렸을 때는 형제나 친구, 어른이 되어서는 직장 동료나 지인을 자신과 비교하며 경쟁자로 여기곤 합니다. 하지만 그들은 한 가족, 한 커뮤니티, 같은 세계를 살아가는 벗입니다. 오른손과 왼손 중 어느 한쪽이 더 훌륭하지 않습니다. 동반자라고 생각하면 쓸데없는 경쟁은 사라집니다.

웃음을 잃지 말 것

그대에게,

보내 주는 편지 늘 고맙습니다.

한 통 한 통 읽으면서 제 생각을 더해 답장을 드리고 싶었지만 역시 생각을 말로 전하는 것은 쉽지 않은 일입니다. 하지만 그날 전하고 싶었던 이야기를 오늘 밤 하려고 합니다.

그것은 웃음을 잃지 말라는 것입니다.

아무것도 할 수 없어도

가진 것이 없어도

아무것도 알지 못해도

항상 웃는 얼굴로 있을 것.

상냥하고 온화할 것.

억지로 노력하라는 뜻은 아닙니다.

모든 것을 포기하거나

갑자기 태도를 바꾸라는 말도 아니고

다 던져 버리고 도망치라는 것도 아닙니다.

자신이 어떤 부담을 지고 있더라도

콤플렉스가 심해 죽을 만큼 힘들어도

숨을 한번 크게 내쉬고

항상 웃는 얼굴로 있는 것입니다.

싸우거나 공격하는 게 아니라

상냥하고 온화한 태도를 유지합니다.

우선 거기에서 첫걸음이 시작됩니다.

아니 한 걸음 앞으로 나아가지 못하더라도 그렇게 서 있는 것만으로도 괜찮습니다.

그곳이 바로 출발점입니다.

다른 누구에게 배운 적은 없지만

저는 스스로를 지키기 위해

본능적으로 그렇게 하자고 결심했습니다.

하지만 이제와 생각해 보면

분명 그때까지 무슨 일이 있을 때마다

부모님이 그런 태도를 취하는 모습을 보고 느끼며 배워 온 것이 아닐까 싶습니다. (우리 집은 부유하지 않았지만 부모님이 늘 웃음을 잃지 않으셨기 때문에 힘든 일이 생기거나 돈이 없어도 어쩐지 안심할 수 있었습니다.)

그렇게 지금까지 살아왔습니다.

힘들고 괴롭고 그야말로 울고 싶고

더는 어찌할 수 없는 듯한 일투성이지만

어려운 일이 있을 때마다 홀홀 털어 버리고

몇 번이든 다시 일어날 수 있는 것은

항상 웃는 얼굴로 있자고 결심한 덕분입니다.

친절하고 온화한 모습으로 있을 것.

이것이 제게 가장 중요하며 놓치고 싶지 않은 믿음이고 저를 지켜 주는 부적 같은 말입니다.

미간에 주름이 하나 생겼다면

두 개로 늘어나지 않도록

억지로라도 주름을 펴 봅니다.

심호흡하고 마음을 정돈합니다.

딱히 극복하지 않아도 괜찮습니다.

그 순간만큼은 용기를 내서 걸음을 멈춥니다.

항상 웃음을 잃지 말 것.

상냥하고 온화하게 지낼 것.

이것이 제가 살아가는 힘입니다.

제가 할 수 있는 최선입니다.

'그렇게 보이지 않도록' 필사적으로 노력하다 보면 언젠가 분명 괴로워집니다. 계속해서 필사적으로 노력할 수는 없습니다. 불가능한 일이에요.

그렇다면 적어도 항상 웃음을 잃지 말자.

누구에게나 상냥하고 온화하게 대하자.

다시 출발점으로 되돌아가 스스로를 정비하는 것입니다. 출발점에서 다시 '나다운 모습'을 찾을 수 있습니다.

되돌아갈 곳이 있어서 저는 몇 번이나 힘겨운 고비를 넘겼습니다.

앞으로도 그렇겠죠.

어떤 말로도 부족하지만

늘 정말로 고마운 마음입니다.

이렇게 이야기를 나누며 조금이나마 마음이 전달 되었으면 좋겠습니다.

종종 함께 걸으면서 이야기하고 싶습니다.

작은 생각 9

○ 슬픔을 그대로 느껴 본다.

울고 싶을 때 무리해서 웃을 필요는 없습니다. 스스로에게 솔직해지는 것은 무척 중요합니다. 솔직하다는 것은 아무 생각도 하지 않고 다른 사람이 하는 말을 그대로 듣는 일이 아닙니다. 언제나 자신의 마음을 열어 괴로움도 슬픔도 받아들인다는 의미입니다.

○ 슬픔을 마음속에 계속 담고 있지 않는다.

자연재해나 큰 사고, 마음이 부서질 것 같은 슬픈 일이 일어났을 때는 '삶의 교훈을 얻었다고 생각하자'라며 선을 그어 보세요. 억지로라도 선을 그어 버리세요. 아무리 슬퍼도 슬픔을 계속 마음속에 담아 두지 마세요. '이 괴로운 일은 내 인생을 위해 배울 점이 있기 때문에 일어난 일'이라고 생각해 봅니다. 그러면 눈물이 멈추지는 않더라도 다시 앞으로 향할 수 있습니다.

○ 도망치지 말자, 두려워하지 말자.

좋은 일은 물론이고 싫은 일, 힘든 일, 괴로운 일까지 모든 일을 마음을 열어 받아들이는 비결은 도망치지 않는 데 있습니다. 도망치지 말고 일어난 일을 겸허하게 마주하여 받아들여 보세요.

○ 두려워도 눈을 감지 말자.

두려움이 느껴질 때 사람은 눈을 감습니다. 하지만 눈을 감으면 두려움이 더욱 강해집니다. 인간관계나 매일 일어나는 일이 두렵게 느껴져도 있는 힘껏 용기를 내어 눈을 뜨고 바라

보세요. 직접 바라보며 이런 주문을 외워 보세요. '여기에서 무엇을 배울 수 있을까?'

○ 행복이란 감사하는 일이다.

행복해지는 방법은 간단합니다. 우선 밝게, 무엇보다 긍정적으로 사는 것입니다. 그 다음은 자신을 포함한 모든 것을 사랑하는 것입니다. 사람을 만날 때나 일어난 일에 대해서도 피하지 말고 똑바로 마주하고 손익을 따지지 말고 최선을 다하세요. 세상에 봉사를 하다 보면 자신도 다른 누군가 덕분에 살고 있다는 사실을 알게 됩니다. 그러면 감사하는 마음이 생깁니다. 감사할 수 있는 사람이야말로 행복한 사람입니다.

관계는 교환

걸으면서 이야기해 볼까요?

어렸을 때 저는 바지 주머니에 항상 미니카를 넣어 다녔습니다.

하나가 아니라 두세 개 정도.

미니카를 들고 다닌 첫 번째 이유는 갖고 놀기 위해서입니다. 이를테면 어른이 가방에 책을 넣고 다니는 것과 비슷하게, 주로 심심할 때나 볼일 보러 나가시는 부모님을 따라 나왔을 때 꺼내어 놉니다. 얌전히 있으라는 부모님의 말씀에 주머니에서 미니카를 꺼내서 쓰다듬거나 손바닥 위에서 굴리기도 하며 지루한 시간을 나름 즐겁게 보냈습니다. 그래서 밖에 나갈 때는 잊지 않고 미니카를 주머니에 넣었습니다.

저에게 미니카는 커뮤니케이션 도구이기도 했습니다. 처음 만난 아이가 있으면 우선 갖고 있던 미니카를 전부 꺼내어 세워 두고 "넌 뭐 가지고 있어?"라고 물어봅니다.

그러면 상대도 주머니에서 미니카를 꺼내 "나는 이거"라며 보여 줍니다.

"흐음." 서로의 미니카를 비교해 보고는 "바꿀까?"라고 어느 한쪽이 말합니다. 그 말에는 '나랑 친구하자'는 의미가 담겨 있어서 "싫다"고 하면 그걸로 끝입니다. "좋아"라고 대답하면 상대의 미니카 중에서 마음에 드는 것을 고릅니다.

애초에 가장 좋아하는 미니카를 골라 왔기 때문에 그중 하나를 상대방에게 주려면 복잡한 기분이 들었지만, 저는 그렇게 친구를 사귀었습니다. 제가 소중히 여기던 트럭을 친구가 갖고, 친구가 소중히 여기던 포르쉐를 제가 가지면서 천천히 우정을 키웠습니다. 게다가 아끼던 물건을 서로 보여 주고 교환하면 그 미니카는 특별하게 느껴졌습니다.

친구가 되고 싶은 아이가 아무것도 가지고 있지 않을 때는 "이거 줄게"라며 자신의 미니카를 건네주기도 했습니다.

신기하게도 편지는 미니카를 나누어 갖던 기분을 느끼게 해 줍니다. 사이좋게 지내고 싶은 아이를 발견하면 "저기 있잖아, 우리 서로 뭔가 교환할까?"라고 말하던 때처럼 말이죠.

무척 힘들고 괴로운 내용이지만 제게 마음을 열어 이야기해 준 편지를 읽고 나면 더할 나위 없는 보물을 받은 기분입니다. 어린 시절 아끼던 미니카를 교환했듯이 마음속 이야기를 서로 교환했으니까요.

그래서 더욱 소중합니다.

잃어버리지 않게 간직하겠습니다. 고마워요.

○ 돈과 시간은 소중한 친구.

돈과 시간은 누구나 살아가는 동안 사이좋게 지내고 싶은 친구입니다. 어떻게 하면 돈과 시간에게서 사랑받을 수 있을지 마음을 다해 생각해 보세요.

○ 시간은 돈보다 소중한 친구.

친구를 서로 비교할 수는 없지만, 시간은 돈보다 소중한 친구입니다. 왜냐하면 돈은 모을 수 있지만 시간은 모을 수 없기 때문입니다. 무한하지 않은 시간에게 미움받지 않도록 하세요. 어떻게 사용해야 시간이 기뻐할지, 소홀히 흘려보내지 않도록 주의를 기울이세요.

○ 친구의 친구도 소중히 여기자.

시간은 누구에게나 소중한 친구입니다. 자신의 시간이 소중한 만큼 다른 사람의 시간도 소중히 여기세요. 무심코 남의 시간을 빼앗지 않도록 '기다리게 하지 말자, 방해하지 말자'는 규칙을 지키세요.

　○ 사용 방법에 따라 돈과의 관계가 깊어진다.

　돈과 사이가 좋아지기 위해서는 돈을 기쁘게 할 만한 방법으로 사용해야 합니다. 돈에 대해 배워야 할 것은 돈을 버는 법도 모으는 법도 아닙니다. 바로 돈의 사용 방법입니다. 단돈 10원 이나 100원이라도 어떻게 사용할지 꼼꼼히 생각하다 보면 돈과의 관계가 깊어집니다. 돈과 사이가 좋아지고 나면 내가 있는 곳으로 돈이 찾아옵니다.

　○ 돈은 세상이 내게 '맡긴 물건'이다.

　돈이라는 친구가 많은지 적은지는 세상이 얼마나 나를 신용하는지에 비례합니다. 부자는 '세상이 신용해서 많은 돈을 맡긴 사람'입니다. 그러므로 세상을 위해 돈을 사용해야 합니다.

다른 사람이 기뻐할 만한 방법으로 돈을 사용해야 합니다. 모두가 행복해지는 '교환 방법'을 생각해 봅시다.

○ 내일은 시간과 돈과 함께 무엇을 하면 좋을까?

가끔 차분히 생각해 보세요. 내일은 시간과 돈과 함께 무엇을 할까? 무엇을 하면 더욱 사이가 좋아질까? 무엇을 하면 상대가 기뻐할까? 잠들지 못하는 밤은 시간이 놀러온 밤이므로 곰곰이 생각해 보세요.

안녕이란 말은 고맙다는 뜻

오늘은 창문 가까이에 앉아 이야기를 나누어요.

따뜻한 방 안에서 서로 마주보는 게 아니라 창밖 너머 파란 하늘을 멍하니 바라보면서요. 한동안 아무런 말을 하지 않아도 좋아요.

문득 생각나더라도 입 밖으로 꺼내지 않으려는 것이 있습니다.

저는 헤어질 때 인사가 어렵다고 해야 할까요, 무척 서툰 편입니다. 그래서 늘 후회합니다.

그 부분만큼은 아무리 노력해도 나아지지 않습니다.

친해지면 친해질수록 헤어질 때 '안녕'이라는 인

사를 하기가 어색합니다. 일부러 인사를 피하기도 합니다. 여행지에서 만난 사람과 헤어질 때도 출발하는 아침이면 너무 아쉽고 슬퍼서 얼굴도 보지 않고 나와 버리곤 합니다.

슬픈 감정을 느끼고 싶지 않은 걸까요? 분명 그런 마음이겠지만 아무튼 '안녕'이라는 인사는 괴롭습니다. 왜 그럴까요?

울보이기도 하고요.

결코 올바른 행동이 아니라는 건 알고 있습니다.

아들 프랭클린과 함께 항상 제 구두를 만들어 주던 귄다(Guinda, 미국 캘리포니아주 욜로카운티에 있는 자치구)에 사는 마리 할머니가 올해 봄 하늘나라로 가서 별이 되었습니다.

마리 할머니는 아흔두 살이었습니다. 영원히 헤어질 날이 곧 오리라는 것은 알고 있었지만 만나러 가지 못했습니다. 정말 만나고 싶었는데도 말입니다. 못났지요.

그런데 할머니에게서 편지가 왔습니다. 돌아가시

기 전에 써 놓은 것을 아들 프랭클린이 대신 보내 준 것입니다.

'만나서 행복했어요. 고마워요'라고 적혀 있었습니다. '하루에 달걀 한 개를 먹으세요.' 그리고 마지막으로 '또 어디선가 만날 것 같은 기분이 들어요'라는 말로 편지는 끝났습니다.

이별 인사는 인생에서 겪은 다양한 경험의 마무리입니다. 그리고 새로운 만남과 출발의 예고이기도 합니다.

'할머니를 생각하는 마음을 좀 더 말로 표현했으면 좋았을 걸'하는 생각이 들었습니다. 언제라도 서로의 마음이 닿을 수 있는 관계를 만들고 싶습니다. 분명하게 '안녕'이라고 말하고 싶습니다.

할머니에게 '안녕히 가세요, 다시 만나요. 지금까지 감사했습니다'라고 편지를 써서 보냈습니다. 어디선가 읽어 주실까요?

헤어질 때 '안녕'이라고 하는 인사는 '고마워'라는 인사와 같다는 생각이 들었습니다. 마리 할머니가 마지막에 가르쳐 준 것입니다.

정말 그렇습니다. 역시 '안녕'은 '고마워'와 같아요. 그러니까 확실하게 말해야 합니다. 고맙다는 인사라면 잘 말할 수 있을까요? 한층 더 중요하게 느껴집니다.

다음에 또 이야기 나눠요. 최근 우는 건 좋은 일이라는 생각이 들었습니다. 다음에 그 이야기를 해 볼게요.

감기 걸리지 않게 조심하세요.

作은 생각 11

○ 이별에는 감정과 본질이 있다.

만남의 수만큼 헤어짐이 있습니다. 그러므로 만남에 감사하듯이 이별에도 감사하세요. 이별에는 슬픔이 따라오지만 그것은 감정의 일부분입니다. 슬픔의 안쪽에는 본질이 숨어 있습니다. 거기에는 만남에 대한 감사와 다음 만남에 대한 축복이 있습니다. 이별의 눈물은 슬픈 눈물인 동시에 축복의 눈물입니다.

배려 혹은 사랑에 대하여

오늘은 단둘이 걸으며 이야기하고 싶습니다.

그런 기분으로 시작할게요.

남을 배려하고 사랑하는 일은 중요합니다. 그러지 못하면 또는 너무 당연한 일이라 게을리 한다면 스스로 불성실한 사람이라는 자책에 빠지게 됩니다.

하지만 남을 배려하고 사랑하라니, 어떤 식으로 해야 할까요? 언제 누가 가르쳐 주나요?

문득 그런 생각이 들었습니다.

자신이 옳다고 믿고 행동해 온 배려와 사랑이 올바른 방식이 아닐지도 모른다고요. 그렇게 생각하니 갑자기 무서워졌습니다.

온통 모르는 것투성이입니다. 저만 다른 사람과 다르다면 충격이겠지요. 여태껏 자신이 제대로 하지 못했다는 사실을 마주하면 어쩐지 사는 것이 괴로워집니다. 울고 싶어집니다.

저는 이렇게 생각합니다. 남을 배려하는 것은 자신이 누군가에게 배려 받았을 때 기뻤던 일, 행복하다고 느꼈던 일, 마음이 따뜻해지고 안심되었던 일을 해 주는 것이라고요. 말하자면 누군가를 도와주고 싶을 때 자신이 다른 사람과 깊은 교감을 느낀 경험을 떠올려 흉내 낸다고 해야 할까요? 배운 것을 떠올려 그대로 따라해 봅니다. 그리고 남을 사랑하는 것도 마찬가지인 것 같습니다.

육아로 고민하던 때가 있습니다. 그때 '부모님은 이런 상황에서 날 어떻게 돌봐 주셨더라?'하고 기억을 더듬으며 그대로 따라 할 수밖에 없었습니다. 그 방식밖에 떠오르지 않았습니다.

남을 배려하거나 사랑할 때도 어쩌면 자신이 받은 것 이상은 불가능할지도 모릅니다. 자신이 받은 배려와 사랑을 씨앗으로 점점 키워 나가야 하는 것인지도 모릅니다.

자, 그럼 이제 어떻게 할까요? 배려나 사랑은 기다린다고 찾아오지 않습니다. 연습도 할 수 없습니다.

우선은 있는 힘껏 다른 사람을 배려하고 있는 힘껏 사랑합시다. 되돌려 받기를 기대하지 말고요. 그러면 가끔은 자신이 쏟은 것 이상으로 상대가 배려해 주거나 사랑해 주는 때가 있습니다. 물론 무시당하거나 사랑해 주지 않을 때도 있습니다. 그렇지만 준 것보다 많이 돌려받을 때도 있어요. 더 많이 돌려받았을 때, 내가 준 것 이상의 부분은 처음 경험하는 방법이겠죠. 그것이 앞으로 자신이 배려하고 사랑하는 방식의 또 하나의 변주(단어 표현이 안 어울리는 것도 같지만)가 되어 늘어난다고 할지, 배워서 몸에 익히게 된다고 할지, 씨앗이 되어 이전까지 자신이 쏟던 힘에 더해져서 지금까지보다 아주 조금 더 남을 배려할 수 있게 되고 사랑할 수 있게 됩니다.

다른 사람을 배려하고 사랑하는 방법은 스스로

터득하는 것이 아니라 배우는 것입니다. 그렇지 않나요? 애초에 본능으로 타고나는 것일까요? 아니, 역시 남이 가르쳐 준다고 생각해요. 처음에는 부모님이나 할아버지, 할머니, 친척, 형제 같은 가족에게서 배웁니다. 그 다음으로 친구, 연인, 많은 주변 사람에게서 배웁니다. 자신이 할 수 있는 배려와 사랑은 대체 어떤 걸까요? 어느 정도 가능할까요?

조금 이상한 사고방식일지 모르겠지만 이해해 주세요. 남을 배려하거나 남을 사랑할 수 있게 되는 것이 성장이라고 생각합니다. 못한다고 포기하거나 이기적으로 행동하지 말고 가능한 노력하는 사람이 되고 싶습니다. 다른 사람보다 더 배려하는 사람이 되고 싶습니다. 다른 사람보다 더 사랑하는 사람이 되고 싶습니다. 더 많이.

그래서 자신이 할 수 있는 배려와 사랑의 방식을 있는 힘껏 주변 사람들에게 쏟아붓습니다. 다른 사람과 더 많이 교류합니다. 자신에게는 아무것도 되돌아오지 않는다고 해도 계속해서 배려하고 사랑합니다.

그러면 아주 가끔 누군가가 자신이 쏟은 것 이상을 되돌려 줄 때가 있습니다. 자신이 경험한 적 없는 배려와 사랑의 방식으로 돌려받을 때가 있습니다.

그 새로운 방식을 내 것으로 만들고 배워서 그렇게 조금씩 배려하고 사랑하는 방법의 크기를 키우고 깊이를 더할 수밖에 없습니다. 그것을 반복해 나갑니다. 계속 해 나가는 수밖에 없습니다.

사실 저는 지금까지 쭉 그렇게 해 왔습니다. 지금도 계속하고 있습니다.

눈물은 정말 대단해요. 마르지 않잖아요.

들어줘서 고마워요. 꽤 많이 걸었군요.

따뜻하게 하고 안녕히 주무세요.

그대를 믿습니다.

○ 사랑의 시작은 늘 자신.

무조건 사랑하는 것이 모든 일의 출발점입니다. 되돌려 받기를 바라지 말고 어떤 일이 있더라도 남을 사랑합니다. 그렇게 하지 않으면 아무것도 배우지 못하고 성장이 멈춥니다. 조건 없는 사랑이란 소중한 사람에게만 주는 것이 아닙니다. 우선 자신에게, 다음으로 소중한 사람에게, 그리고 모든 사람에게. 세상에 자신과 관계없는 사람은 없다는 생각으로 사랑을 시작하세요.

○ 무관심은 사랑을 멀어지게 한다.

흔히 듣는 말이지만, 사랑의 반대말은 미움이 아니라 무관심입니다. 모든 것에 무관심해지지 않는 것이 중요합니다.

일상을 관찰자의 눈으로 본다

곁에 앉아도 될까요?

예전에 『생활의 힌트暮らしのヒント集』라는 책을 엮을 때 '관찰'에 대해 쓴 글이 있습니다. 얼마 전 그 글을 새로이 읽어 봤더니 다시 한 번 관찰을 주제로 글을 쓰고 싶어졌습니다.

'관찰'이란 무엇일까요? 관찰이란 무언가를 자세히 보는 일입니다. 그럼 본다는 것은 무엇일까요? 보는 일은 보통 누구나 당연한 듯이 하고 있습니다. 하지만 적극적으로 바라보는 행동을 하고 있는지 묻는다면 어떤가요?

바라본다는 것은 거기에 숨겨져 있는 무언가, 감

취진 빛을 찾아내는 일이 아닐까 싶습니다. 그리고 그 빛이 무엇인지 깊이 생각해 보고 마음으로 끌어안아도 보고 추측해 보는 일이 관찰이라고 생각합니다. 눈에 보이지 않는 것을 보고자 하는 마음이라고 할까요?

잠깐 슬쩍 보고 눈에 비친 것만으로 마치 다 아는 것인 양 생각해서는 거기에 숨겨져 있는 빛은 하나도 볼 수 없습니다. 시선을 바꿔 보고 다른 사람의 시선으로 바라보기도 하면서 좀 더 자세히 살펴봐야 합니다. 혹은 눈을 감고 느껴 봅니다.

자세히 봐도 빛이 보이지 않는다면 더욱 더 꼼꼼히 살펴봅니다. 계속해서 보고 또 보고, 끝까지 살펴봅니다. 그래야 겨우 거기에 숨겨져 있는 아름다움, 멋, 매력과 소중한 것, 변하고 있는 것, 작은 비밀, 생명, 슬픔이 보이기 시작합니다.

빛은 무엇이든 선입관을 버리고 낮은 곳에서 고귀한 것을, 더러운 곳에서 아름다움을, 탁한 곳에서 투명한 것을 찾아내는 시선입니다. 마음의 눈을 뜨는 일입니다. 거기에 있는 빛을 찾는 일입니다.

그렇습니다. '관찰'은 눈에 보이지 않는 빛을 바라보는 일일지도 모릅니다. 그리고 용기입니다. 하루를 보내는 동안 얼마나 마음을 움직여 눈에 보이지 않는, 깜짝 놀랄 만한 빛을 찾았나요? 빛을 찾는 일은 일상생활이나 일, 다른 사람의 모습에 호기심을 갖는 것입니다. 솔직하고 쉽게 지치지 않는 관찰자의 눈을 갖는 것입니다.

생활은 매일 마음으로 배우고 매일 마음으로 활동하는 것입니다. 아주 작은 노력입니다. 그렇게 마음으로 한 '관찰'을 여러분과 함께 나눌 때 무척 기쁩니다. 생활 속에서 발견한 것이나 깨달은 것을 서로 이야기하는 것은 중요한 일입니다.

더욱 '관찰'하여 저는 수많은 빛을 발견하겠습니다. 그리고 여러분에게 좀 더 도움이 되기 위해 걸어가겠습니다.

때로는 걸으면서 때로는 앉아서 많은 이야기를 나눠요. 가끔은 여러분이 저를 도와주세요. 사람은 서로 도와야만 살아갈 수 있습니다. 저는 그렇게 믿고 있습니다.

어느 해의 포부를 '파수공행把手共行'으로 정한 적이 있습니다. 손을 잡고 함께 걷는다는 선禪의 가르침입니다.

여러분이 보내 주는 편지, 글자를 손가락으로 하나하나 짚어 가듯 꼼꼼하게 읽고 있습니다.

여러분의 이야기. 그리고 빛.

고맙습니다.

작은 생각 13

○ 기적을 믿나요?

이 세상에 태어나 지금까지 살아 있다는 것만으로도 이미 기적입니다. 숨을 쉬고 있는 것조차 기적 같은 일이라고 생각합니다. 기적을 느낀 순간 할 수 있는 말은 없습니다. 그저 '고마워'라는 감사의 말이 마음속 가득 끓어오를 뿐입니다.

○ 성장은 감사의 표현이다.

정말로 기쁘고 고마워서 감사하는 마음을 표현하고 싶을 때가 있습니다. 그저 감사하다고 말하거나 감사의 선물을 전하기도 합니다. 그런데도 부족하다고 느껴지면 행동을 해야 합니다. 태어난 기적, 살아 있다는 기적에 대해 감사를 표현할 방법은 성장하는 것밖에 없습니다. 더 나은 자신을 추구하는 일이 기적에 대한 '감사 인사'입니다.

○ 산다는 것은 자신을 소중히 여기는 일이다.

살아가기 위해서는 자신의 존재를 인정하고 믿는 것이 가장 큰 힘이 됩니다. 산다는 것은 바로 자신을 소중히 여기는 일입니다. 세계, 국가, 마을, 사회, 가정, 친구 관계, 커뮤니티, 회사 등에 내가 소속되어 있는 이유는 그곳에서 나를 필요하다고 여기기 때문입니다. 내가 없으면 곤란해지는 사람이 있기 때문에 기적처럼 나는 그곳에 존재할 수 있습니다. 그 사실에 감사하고 스스로를 사랑하고 다른 사람에게 어떻게 도움이 될까 고민하며 살아가세요.

○ 아픔의 원인은 자신에게 있다.

몸이나 마음에 상처가 생겨 아픈 것은 다른 누군가의 탓도 아니고 운이 없었던 탓도 아닙니다. '스스로를 소중히 여기는 일을 혹시 잊지는 않았나요?'라는 메시지입니다. 자신을 가장 사랑해야 할 사람은 나 자신입니다.

II. 그리고 우리

함께 살아간다

"옆에 같이 앉아도 될까요?"

이 말을 하는 것도, 듣는 것도 좋아합니다. 혹은 "물론이죠. 이쪽에 앉으세요", "같이 앉아요"라는 말도 좋아합니다. 이렇게 조금 돌려서 권하는 배려랄까, 간접적으로 다가가는 방법을 좋아합니다. 물론 불쾌하거나 실례가 되지 않도록 상대의 안색을 살핀 후에 하면 더욱 좋겠지요. 그렇습니다. 다른 사람의 안색을 살피는 것은 그렇게 나쁜 일이 아니라고 생각합니다. 성격이 소심해서 그럴수도 있겠지만요.

말은 이렇게 했어도 어쩐지 제 맘대로 여러분 옆에 앉아 있는 느낌이군요, 오늘은.

예전에 우리가 사는 세계에 대해 생각하던 시기에 쓴 글을 다시 한 번 읽어 봤습니다. 최근 제 자신이 잊어버리고 지낸 것이 가득 적혀 있어 가슴이 서늘해졌습니다. 조금 읽어 볼게요. 긴 글이니 쉬엄쉬엄 읽겠습니다. 쉬엄쉬엄 들어 주세요.

　　이쪽을 보고 저쪽을 둘러봐도 온통 경쟁뿐인 세상입니다. 로켓을 타고 달에 가서 지구를 바라보면 지구는 온통 경쟁으로 가득한 별로 보일지도 모릅니다. 사람과 사람 사이의 작은 세상에서, 국가와 국가라는 큰 세계에서, 지금 우리에게 부족한 것은 무엇일까요? 그것은 '함께 사는 법'이 아닐까요?

　　'함께 사는 법'은 말 그대로 사람을 가리지 않고 도와주고 또 남에게 도움을 받으며 살아간다는 의미입니다. 혼자서 살아간다고 하더라도 꽃이나 풀이나 동물 같은 자연과 복잡하게 얽혀 살아가야 합니다. 혹은 물, 공기와도 마찬가지입니다. 다른 사람이나 동식물을 돕는 일은 반대로 나를 살리는 일이고, 이것이야말로 사람이 살아가는 원리원칙이라고 생각합니다.

하지만 그런 원리를 잊어버리고 자신만 좋으면 된다, 남은 어떻게 되든 상관없다는 식으로 생각하는 사람이 점점 많아지지 않나요? 솔직히 저 역시 모르는 새 그런 식으로 무관심해질 때가 있습니다. 옳지 못한 일을 보고도 못 본 척하거나 자기 이익을 위해 타인을 태연히 속이고 상처 입히는 등 크든 작든 세상에서는 자기중심적인 행동과 냉정한 경쟁이 아무렇지 않게 일어나고 있습니다.

한 번쯤 생각해 보세요. 가족, 친구, 연인, 주변 사람과 어떻게 함께 살아가야 할까요? 자신이 사는 마을과 자연을 살리기 위해 어떻게 하면 좋을까요? 회사 동료, 부하 직원, 상사, 거래처에 도움이 되기 위해 어떻게 해야 할까요? 적어도 자신이 사는 마을, 매일 만나는 사람이나 매일 일어나는 일을 어떻게 대하면 좋을까요?

감정은 누구에게나 있으므로 싫은 일이나 곤란한 일을 당하면 그 상대를 비난하고 싶어집니다. 사람마다 싫고 좋고가 모두 제각각입니다. 사람들은 저 사람이 이래서 싫다거나, 그 사람의 이런 부분이 틀렸다거나, 저 사람이라서 이렇게 됐다는 식으로 어떻게든 자신을 피해자라고 생각합니다. 아니면 어떻게 하면 내가 책임에서 벗어날까를 생각하느라 여념이 없습니다. 항상 내가 피해자다, 그러니까 나는 틀리지 않았고 절대 옳다는 것입니다. 그렇게 생각하면 생각할수록 화가 나고 상대에 대한 미움마저 끓어오릅니다. 보복하고 싶은 마음이 생기기도 합니다. 이것은 '함께 사는 법'과는 거리가 먼 사고방식입니다. 나쁘게 말해 그것은 싸움이고 더 심하게는 서로를 죽이는 일입니다. 그런 일이 일상에서 무의식적으로 일어나고 있다고 생각하면 섬뜩합니다. 하지만 실제로 일어날 뿐만 아니라 자신과 관계없는 일은 하나도 없습니다.

사람과 사람, 사람과 물건, 사람과 일, 사람과 마을, 사람과 자연, 사람과 조직, 사람과 사회, 사람과 국가, 국가와 국가. 모두가 함께 사는 법은 무척 중요합니다. 서로가 서로를 위하면 전쟁도 사라지고, 쓸데없이 속이는 일도 사라지고, 작은 다툼도 사라집니다. 함께 살아가며 서로 좀 더 성장할 수 있습니다. 게다가 상대를 돕는 기쁨과 즐거움도 알게 되어 우리의 생활이 풍요로워지겠죠.

함께 살아가기 위한 비결은 무엇일까요? 자신 이외의 사람과 물건과 일을 살릴 수 있을 때 비로소 이 세상도 자신을 받아들여 줍니다. 물론 그렇게 아름다운 일만 일어나는 것은 아닙니다. 살다 보면 싫은 일도 곤란한 일도 있습니다. 그 원인이 다른 사람이나 일에 있다면 화가 나기 마련입니다. 그렇지만 미워하거나 싸우기만 해서는 한 걸음도 앞으로 나아갈 수 없습니다.

지금 자신의 삶에서 무엇 하나 만족스럽지 못하고 생각대로 되지 않아 고민하는 분이 있겠지요. 가슴이 아파 숨이 멎을 것 같은 순간도 많을 거라고 생각합니다. 또는 모든 일이 짜증스럽고 화만 나는 사람, 불안에 짓눌려 부서질 것 같은 사람도 있습니다. 저도 그런 사람에 속합니다.

이럴 때는 먼저 '함께 살아간다'는 말을 곱씹어 봅니다. 그리고 모든 일에 나를 내세우며 자신을 최우선으로 생각하는 것을 그만둬 보세요. 당장 지금부터 시작해 봅시다. 어쨌든 '함께 살아가기 위해' 노력하는 것입니다. 그렇게 하면 언젠가 반드시 누군가가 나를 구해 줄 때가 찾아옵니다.

함께 사는 법.

그것은 주는 것이며 용서하는 것입니다. 웃음을 잃지 않고 계속해서 주고, 계속해서 용서하는 것입니다. 무슨 일이 있더라도 결코 막다른 길로 몰아넣지 않기. 계속해서 웃음으로 대할 것. 제가 종종 말하는 '오늘도 정성껏'이라는 말의 밑바탕에는 이런 생각이 들어 있습니다. 오늘도 웃음으로 함께 사는 법을 생각합니다. 그러기 위해서 열심히 마음을 움직입니다.

글은 여기까지입니다.

사람은 약하기 때문에 어떻게든 이유를 붙여 제멋대로 굴고 자신을 우선시하려 합니다. 다른 사람과 이어져 있다는 사실을 잊어버리거나 다른 사람의 마음을 무시해 버릴 때도 있습니다. 그렇게 '함께 사는 법'을 잊었다면 먼저 자기 자신부터 바뀌어야 합니다.

늘 이야기를 들어 주어 고맙습니다. 조금 기운이 생겼어요. 다음에도 함께 앉아 이야기 나누러 꼭 다시 올게요. 아니면 언제라도 제 옆에 앉아 주세요. '귀찮아하지 않을까?'하는 걱정은 하지 마세요. 옆에 앉아 이야기를 듣는 기분이랍니다.

늘 고마워요.

작은 생각 14

○ 천천히 알아 가자.

요즘 세상은 얼마나 빠른지를 다투는 속도 경쟁의 시대가 되었습니다. 일을 배우는 것, 인간관계를 맺는 것은 물론 요리까지도 모든 것에서 속도를 중요하게 여깁니다. 그런 시대에 살고 있기 때문에 모든 것을 더욱 시간을 들여 천천히 몸에 익혀야 합니다.

○ '뒤처진다'는 거짓말에 속지 말자.

시간을 들여 정성껏 일을 진행하다 보면 '뒤처진다'는 생각에 조급해지곤 합니다. 하지만 이것은 흔한 거짓말 중 하나입니다. 걷기를 멈추지 않는 한 아무리 느리더라도 확실히 앞으로 나아가고 있습니다. 전속력으로 달려 나갈 때는 보이지 않던 풍경이 잠시 앉아 있으면 보입니다. 그것 역시 배움이고 발전입니다.

○ '사이'를 맛보자.

서두르다 보면 여러 가지 일을 단순하게 만듭니다. 흑인지 백인지, 옳은지 그른지, 달콤한지 쓴지, 두 가지 선택밖에 없는 듯 보입니다. 그러나 배움은 그 '사이'에 있습니다. 그 사람이 좋은지 싫은지 한순간에 정하기 전에 '사이'를 맛보면서 만나 봅시다. 이것이 다른 사람과 사이가 좋아지는 비결입니다. 서로 다른 사람끼리 만나자마자 바로 서로에 대해 잘 알 수 있을 리 없습니다. 누군가와 오랜 시간을 함께 보내

는 것은 시간을 충분히 들여 서로가 서로를 배
워 가는 일입니다.

○ '믿음'은 희망의 증거다.

'도저히 참을 수 없어, 기다릴 수 없어.' 이런
기분이 드는 것은 가슴 밑바닥에 불신이 자리
잡고 있기 때문입니다. 마음을 느긋하게 갖고
굳게 믿을 때 희망이 생깁니다. 희망이 있으면
기다리는 시간이 즐거워집니다.

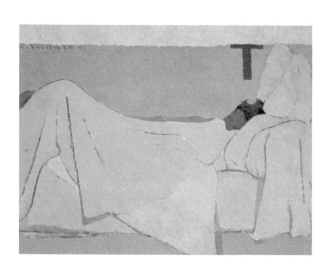

어딘가 남겨진 사람이 있다면

안녕하세요?

추운 날이 이어지고 있습니다. 건강하게 지내셨나요? 오늘도 그대 곁에 앉아 이야기하고 싶어요. 옆에서 이야기할게요.

오늘은 문득 매일 자신을 움직이게 하는 것이 무엇인지 생각해 봤습니다. 그 이야기를 해 볼게요.

어렸을 때 부모님이 맞벌이를 하셨기 때문에 저는 어린이집에 다녔습니다. 걸어서 30분 걸리는 어린이집까지 매일 아침 어머니의 손을 잡고 걸어갔습니다. 어머니의 따뜻한 손의 감촉을 지금까지도 기억합니다. 저는 그 시간을 무척 좋아했습니다. 영원히 손을 잡고 있고 싶었습니다. 하지만 어머니는 일을 하러 가야 했고 저는 어린이집에 맡겨졌습니다. 헤어진 후 어머니가 보이지 않을 때까지 뒷모습을 한참 바라봤습니다. 울고 싶었지만 입을 꾹 다물고 참았습니다.

저녁은 무서운 시간이었습니다. 부모가 하나둘 아이를 데리러 어린이집에 오는데, '우리 엄마가 안 오면 어쩌지, 홀로 남겨지는 것이 아닐까'하는 생각이 들었던 것입니다. 데리러 올 게 분명하고 데리러 오지 않은 날도 없었는데 어린 마음에 어쩌면 어머니가 오지 않을 수 있다는 생각이 들어 매일 무서웠습니다.

그 두려움은 이루 말할 수 없을 만큼 컸습니다. 실제로 몇 번인가 아이들이 전부 돌아간 후에 저 혼자 남아 어린이집 선생님과 둘이서만 밤늦게까지 어머니를 기다린 적이 있었습니다. 분명 어머니가 어린이집에 미리 연락을 해 뒀겠지만, 어린 저는 그런 상황을 잘 몰랐기 때문에 선생님이 아무리 "조금만 기다리면 엄마가 오실 거야"라고 말해도 믿을 수가 없었습니다. 홀로 남겨질까 너무 무서워 어찌해야 할지 몰랐습니다.

한참을 기다려 드디어 어머니가 저를 데리러 왔습니다. "늦어서 미안해"라고 사과하는 어머니에게 저는 잔뜩 투정을 부렸습니다. 그토록 기다리던 어머니의 손을 잡고 밤늦게 집으로 돌아가는 길, 무서웠던 마음을 어떻게든 전하고 싶었던 것이겠지요.

그래서인지는 모르겠지만, 다 큰 어른이 된 지금도 홀로 남겨지는 것에 대한 두려움이 있습니다. 그리고 어딘가에 남겨진 사람이 있지 않을까 늘 신경이 쓰입니다. 어딘가로 이동할 때나 무언가를 바꿀 때, 언제 어디에서라도 남겨진 사람이 있을까 봐 걱정돼 견딜 수 없습니다. 남의 일처럼 느껴지지 않는 것입니다.

남겨졌을 때의 기분을 아주 잘 알기 때문입니다. 그래서 항상 생각합니다. 그리고 기도합니다. 노력합니다. 남겨진 사람이 어딘가에 없는지 열심히 살펴봅니다. 만약 누군가 홀로 남겨졌다면 저는 그에게 손을 내밀고 싶습니다. 그때 내가 할 수 있는 일이 무엇인지 있는 힘껏 생각합니다.

허울 좋은 말처럼 들릴지도 모르겠지만, 어린 시절 기억만큼 어른이 되어서 자신을 움직이게 하는 것은 없다고 생각합니다. 혹시 오늘 내가 홀로 남겨지는 것은 아닐까. 그런 공포가 지금도 제 마음속 깊은 곳에 강하게 뿌리박혀 있습니다. 그러므로 오늘도 열심히 살펴봅니다. 어딘가에 남겨진 사람이 있을까 걱정 되어서요.

결국 무엇을 말하고 싶은 것인지 잘 모르게 되었지만, 그런 겁쟁이 성격이 다양한 일을 하는 힘이 됩니다. 그 힘으로 무엇을 해냈고 무엇을 하지 못했는지는 모르겠습니다. 아무튼 힘이 된다는 것만은 분명합니다.

목표라고 말하기에는 다소 이상합니다만, 아무도 남겨 두지 않기 위해 노력하고 싶습니다. 만약 어딘가에 남겨진 사람이 있다면 제가 데리러 가겠습니다. 그 사람을 위해 글을 쓰고 싶습니다. 그런 일을 하고 싶습니다.

두서없이 말했습니다. 다음에 또 이야기를 들어

주세요. 그리고 그대의 이야기도 늘 듣고 있습니다. 수많은 메시지를 보내 주어 고맙습니다. 매일 소중히 읽고 있습니다.

안녕히 주무세요. 이불을 어깨까지 따뜻하게 잘 덮고 주무세요.

작은 생각 15

○ 기대지 않는 관계를 만들자.

외톨이가 되고 싶지 않다고 누군가의 손을 꽉 잡고만 있어서는 안 됩니다. 친구는 소중하고 서로에게 의지가 되는 존재지만, 자신의 모든 무게를 실어 기대면 관계는 비틀어지고 무너져 버립니다. 각자가 자신의 다리로 굳게 서서 손을 잡아 줄 때도 있고 서로 떨어져 있을 때도 있는 관계가 바람직합니다.

○ 다른 사람과 거리를 두는 연습.

늘 모두가 함께 어우러져 즐겁게 사는 것도 나쁘지 않습니다. 하지만 어떤 일에 굉장히 집중하거나 노력해야 할 때는 혼자가 될 필요가 있습니다. 친구나 동료와 적당한 거리를 두세요. 언제든 만날 수 있고 언제든 거리를 둘 수 있는 관계야말로 정말 좋은 사이입니다.

○ 배신은 '비 오는 날'이다.

시원한 바람에 햇살이 따스하게 비추는 화창한 날은 누구나 좋아합니다. 하지만 그런 날만 계속 이어지지는 않습니다. 친구 역시 늘 좋은 관계라면 좋겠지만 언제까지나 계속되지는 않습니다. 비가 내리는 날이 있듯이 가까운 사람이 배신을 하거나 그 사람에게서 냉정한 비판을 듣는 일은 자연스러운 일입니다. 애정과 증오는 늘 함께하기 때문입니다. 그때 상대방을 용서할지, 용서하지 않을지에 따라 그 사람과의 관계가 얼마나 깊은지 알 수 있습니다.

○ 원인은 항상 '자신'이라는 사실을 기억하자.

사이좋게 지내던 소중한 사람과 불편해졌다면 원인은 반드시 자신에게 있습니다. 어느 한쪽이 일방적으로 문제의 원인을 만드는 일은 없습니다. 분명 자신에게도 원인이 있습니다. 가령 그 원인이 상대에게 99개가 있고 자신에게는 1개밖에 없다고 해도 원인이 있다는 사실은 바뀌지 않습니다. 자신에게 어떤 원인이 있는지 다시 살펴보세요.

그대가 있을 곳은 여기

안녕하세요.

어떻게 지내시나요? 날씨가 추워졌어요.

오늘 밤에는 보여 드리고 싶은 것이 있으니 조금 더 가까이 앉아서 이야기할게요. 음, 함께 보고 싶은 것은 바로 작은 책 한 권이에요.

얼마 전에 지인이 도쿄 어린이 도서관이 발행하는 잡지 『어린이 도서관』의 겨울호를 보내 줬습니다. 도쿄 어린이 도서관은 책을 좋아하고 아이를 좋아하는 사람들이 모여 만든 사립 도서관으로 처음에는 일반 가정집에서 시작한 아동 도서 및 그림책 도

서관입니다. 아동 문학가 이시이 모모코石井桃子가 만든 가쓰라문고(かつら文庫, 도쿄도 스기나미구에 위치한 도쿄 어린이 도서관) 등 가정 도서관 네 곳이 모체가 되어 1950년대부터 지금에 이르는 역사를 이어오고 있습니다. 제가 좋아하는 도서관 중 한 곳입니다.

『어린이 도서관』 겨울호에는 무척 놀랍고도 조용히 마음을 울리는 내용이 실려 있었습니다.

어린이 그림책 출판사 고구마샤こぐま社의 창립자 사토 히데카즈佐藤英和 씨가 삽화가 에드워드 아디존Edward Ardizzone의 그림이 실린 책을 수집한다는 사실과 그림책을 이루 말할 수 없이 좋아해서 출판사를 시작한 이야기, 그리고 오늘날까지 걸어온 과정을 무척 세심하고 열정적으로 엮어 냈습니다. 그중에서 엘리너 파전Eleanor Farjeon의 그림책『말론 할머니Mrs. Malone』를 출판하기까지의 이야기가 눈에 띄었습니다.

『말론 할머니』, 동화 작가 엘리너 파전, 삽화가 에드워드 아디존. 이 세 이름은 제 마음에 깊이 새겨져 있어 결코 잊히지 않는 존재입니다. 이 책의 초판은

1950년에 출간됐고, 고구마샤에서 일본어 번역본을 발행한 것은 1996년입니다. 저는 스물다섯 살 무렵 헌책방에서 원서를 만났습니다.

말론 할머니는 호젓한 숲 속에서 홀로 가난하게 살아갑니다. 조금 쓸쓸하고 외로운 생활입니다. 그곳에 갈 곳 없고 금방이라도 생명의 불이 꺼질 것 같은 상처 입은 동물이 한 마리 한 마리 찾아옵니다. 말론 할머니는 혼자 살기에도 빠듯한 생활이지만 마지막 남은 힘을 다해 찾아온 동물을 저버리지 않습니다. "네가 있을 곳은 여기란다"라며 그들을 품어 줍니다. 동물을 집으로 데려와 음식과 옷을 나눠 주며 가족처럼 돌봐 줍니다. 그렇게 동물을 보살피는 데 온 정성을 다하는 동안 말론 할머니는 점점 쇠약해졌습니다. 그리고 어느 날 아침 영원히 잠들었습니다. 동물들은 말론 할머니를 천국의 문까지 데리고 갑니다. 그러자……

이렇게 이어지는 이야기입니다.

이 책을 읽을 당시 저는 친구도 없고 희망도 품

지 못한 채 마음이 삭막해져 있었습니다. "한 마리쯤은 더 있을 곳이 있다There's room for another"는 말론 할머니의 말은 그만큼 제 마음에 와닿았습니다. 어딘가에는 내가 머물 곳이 분명 있을 거라는 생각이 들어 저도 모르게 눈물이 뚝뚝 떨어졌습니다. 그때 저는 이야기에 등장하는 상처받은 작은 고양이 같았습니다.

현실에는 말론 할머니가 없지만 이 이야기를, 이 그림을, 이 말을 믿고 싶어 책이 너덜너덜해지도록 늘 들고 다녔습니다. 이 책만큼은 다른 누구에게도 팔지 못하고 샌프란시스코의 허름한 숙소에서 이를 악물고 버텼습니다.

지금 제 곁에 앉아 있는 그대에게 『말론 할머니』를 건네 주고 싶습니다. 우연히 사토 히데카즈 씨의 글을 읽고 그런 마음이 생겼습니다. 제가 그랬듯이 손바닥 위에 올릴 수 있을 만큼 작디작은 책 한 권이 여러분에게 힘이 되리라고 믿습니다.

"네가 있을 곳은 여기란다."

저를 구원해 준 한마디입니다. 한 권의 책, 단 한

마디의 말에도 누군가를 위로하는 힘이 분명히 있습니다. 글과 함께 어우러진 아디존의 섬세하고 아름다운 그림은 마치 생명이 깃든 것처럼 마음을 따뜻하게 해 줍니다.

어쩐지 혼자서만 계속 떠든 것 같아요. 부디 이 작은 책을 읽어 보시길 바랍니다.

저도 항상 여기서 여러분의 편지를 기다리고 있겠습니다. 있는 그대로의 마음, 약하고 남에게 말할 수 없는 이야기, 괴롭고 후회되는 일을 모두 털어놓을 수 있는 '그대가 있을 장소'가 되기를 바랍니다.

고맙습니다.

작은 생각 16

○ 몸은 마음보다도 많은 것을 안다.

마음이나 머리에 대해서는 항상 신경을 쓰지만 몸과의 대화는 소홀히 여기곤 합니다. 하지만 몸은 마음보다도 많은 것을 압니다. 몸이 들려주는 귀중한 조언에 귀를 기울이세요. 잠들기 전 조용히 누워 천장을 바라보며 몸과 이야기 나눠 보세요.

　○ 몸이 보내는 메시지로 받아들이자.

　젊은 시절에는 건강을 당연하다고 생각하지만 병에 걸리거나 다치는 일도 물론 있습니다. 건강을 잃었을 때 불행하다고 한탄하지 말고 이렇게 생각해 보세요.

　'이 병과 상처는 나에게 무엇을 알려 주려는 걸까?' 좋지 않은 생활 습관과 비뚤어진 마음과 지나치게 무리하고 있는 상황을 알려 주는 것일지도 모릅니다. 그렇게 생각하면 '고마워' 라고 말하고 싶을 정도입니다.

여덟 가지 올바른 길

어떻게 인사하면 좋을지 늘 고민입니다.

'안녕하세요?' 이 말이면 될 것 같지만 어쩐지 거창한 것 같아서요. 생글생글 웃는 얼굴로 인사를 대신하며 옆에 살짝 앉는 정도가 가장 편안할지 모르겠습니다. 그걸로 대신 할게요.

데즈카 오사무手塚治虫의 『붓다』는 열여덟 살 무렵 처음 읽은 후 몇 번이고 다시 읽었을 만큼 무척 좋아하는 만화입니다. 미국에도 가지고 갔으니까요. 여행을 하며 만화 열두 권을 가지고 다니는 것은 여간 힘든 일이 아니었습니다. 하지만 당시 『붓다』는 유일

한 제 마음의 안식처 같은 존재였습니다. 어떤 일이 있어도 이것을 손에서 놓지 않으면 분명 괜찮을 것이라는 생각이 들었습니다.

시인 쓰지 마코토辻まこと는 어렸을 적 번역가이던 아버지를 따라 파리를 여행할 때 장편 역사소설『대보살고개大菩薩峠』마흔한 권을 들고 갔다고 합니다. 그에 비하면 열두 권 정도는 아무것도 아니지요.

『붓다』에는 '여덟 가지 올바른 길'이라는 가르침이 나옵니다. 젊은 시절 저는 항상 무언가에 푹 빠져 지냈지만 사실 삶의 중심을 잡고 있진 못했습니다. 무엇을 기준으로 어떻게 살아야 할지, 무엇을 지켜야 할지 알 수 없었습니다. 그때 만난 것이 '여덟 가지 올바른 길'입니다.

올바르게 본다, 올바르게 생각한다, 올바르게 이야기한다, 올바르게 행한다, 올바르게 생활한다, 올바르게 노력한다, 올바르게 판단한다, 올바르게 고민한다.

이 여덟 가지만 지키면 분명 괜찮을 것이라는 생

각이 들었습니다. 뿌리 없는 풀 같은 하루하루를 보내고 있던 저는 지푸라기라도 잡는 심정으로 이 여덟 가지를 소리 내어 읽고 쓰고 외웠습니다. 제 몸 구석구석까지 침투시키려고 했습니다. 실제로는 지키지 못하는 일투성이였지만 저는 이 여덟 가지 가르침을 믿고 따르고자 했습니다.

무엇이 올바른가. 그것을 찾는 일은 무척 어렵지만 인생을 통해서 배워 나가야 하는 것입니다. 늘 고민하고 생각하고 마주해야 할 것이라고 생각합니다.

오늘 나는 올바르게 보고, 올바르게 생각하고, 올바르게 이야기하고, 올바르게 행하고, 올바르게 생활하고, 올바르게 노력하고, 올바르게 판단하고, 올바르게 고민하고 있는가. 이 여덟 가지를 살펴봅니다.

여덟 가지 올바른 길을 배운 후부터 하루도 쉬지 않고 스스로를 돌아봅니다. 거짓말 같지만 사실이에요. 그리고 매일 '무엇이 올바른가?'하는 물음과 마주합니다. 하지만 그렇게 하다 보면 자신의 욕망과도 마주하게 됩니다. 그러고는 종종 욕망에 지고 맙니다.

누군가 제게 젊을 때부터 지금까지 대체 무엇을 해 왔느냐고 묻는다면 오로지 '여덟 가지 올바른 길'과 마주해 왔다고 답하겠습니다. 대단한 것처럼 들리지만 사실 제가 한 일은 그것뿐입니다. 유일하게 혼자 깨달은 내용입니다. 그런 하루하루가 작은 아이디어, 작은 생각, 작은 능력이 되어 그때그때 일을 헤쳐 나가는 추진력과 힘이 되었다고 생각합니다.

그러므로 지금의 저를 만든 것은 『붓다』의 '여덟 가지 올바른 길'이라 해도 과언이 아닙니다. 그 정도로 큰 영향을 받았습니다. 저는 그렇게 살아가겠다고 생각했습니다. 그거면 된다고. 그런 나날을 보내던 중 '정직, 친절, 미소, 오늘도 정성껏'이라는 저의 신조와 같은 말이 태어났습니다. '정직, 친절'은 작가 다카무라 고타로高村光太郎가 먼저 쓴 말이지만요.

올바르게, 더욱 올바르게 하는 것은 어려운 일이지만, 올바른 것을 추구하면서도 올바르지 않은 것을 결코 부정하지 않도록 항상 조심합니다. 올바른 것은 소중하지만, 올바르지 않은 것을 부정하는 일은 올바르지 않기 때문입니다.

그러니까 저의 '올바르다'는 '사랑하다'입니다. 그러므로 '여덟 가지 사랑하는 방법'이라고 생각할 수 있습니다. 부끄러워서 절대로 다른 사람에게 말하지 못했지만 여기에서는 말할 수 있습니다. 하지만 저도 완벽하게 지키지는 못하니까 안심하세요. 욕망에 지고 맙니다. 그만큼 꽤 노력합니다. 수십 년을 노력해 왔습니다.

저는 인생이란 욕망을 배우는 일이라고 생각합니다. 그리고 참는 것. 이것에 대해서는 언젠가 기회가 있을 때 다시 이야기할게요.

날씨가 제법 추워졌어요. 감기가 유행이라고 합니다. 감기 걸리지 않게 조심하세요.

ㅇ 영원한 내 편도, 영원한 적도 없다.

사귀기 힘든 사람이나 증오심을 드러내는 사람이라도 그 사람이 영원한 적은 아닙니다. 적은 같은 편이기도 하고, 같은 편이 적이 되기도 합니다. 모두 자신이 배우고 성장하기 위해 필요한 존재입니다. 집착하지 말고 균형 있게 사귀는 것이 중요합니다. 그러기 위해서는 삶의 기준이 되는 '가치관'을 하나가 아닌 여러 개로 세우고 균형 있게 유지해야 합니다.

ㅇ 인생에서 반드시 지켜야 할 약속을 떠올릴 것.

인생은 짧습니다. 배움의 기회는 순식간에 지나갑니다. 나이를 먹고 나서 혹은 자신이 가장 서툰 일이나 가장 약한 부분을 마주했을 때 이런 사실을 깨닫습니다.

그 순간이야말로 자신이 인생에서 반드시 지켜야 할 약속을 떠올려야 할 때입니다.

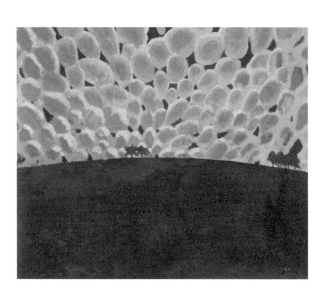

욕망은 희망

　몸도 마음도 지쳐서 어떻게 하면 좋을지 모를 때가 있습니다. 내일을 위해 일찍 자면 좋겠지만 이럴 때일수록 잠은 오지 않습니다. 그런 기분으로 또 옆에 앉았습니다. 등을 다독거리며 이야기할게요. 틀렸을지 모르지만 '이런 생각도 할 수 있구나'하는 마음으로 들어주세요.

　욕망에 대한 이야기입니다. 앞의 내용과 이어집니다.

　일상생활이나 직장에서는 이런저런 일이 일어납니다. 괴로운 일이 계속 되다 보면 모든 것을 던져버리고 싶어지는 순간도 있습니다. 어딘가 멀리 가서 몸을 동그랗게 웅크리고 한동안 겨울잠을 자고 싶은 기분이 듭니다.

하지만 더 이상 못하겠다는 기분이 들 때쯤 아주 소소한 행복이나 다행이다 싶은 일이 생기기도 합니다. 거기서 작은 희망을 얻은 우리는 어떻게든 다시 일어납니다. 간신히 '진정한 나'를 지켜 갈 수 있죠. 사는 것은 그런 나날입니다. 앞으로도 계속.

욕망이란 하고 싶다, 갖고 싶다, 되고 싶다는 마음입니다. 저는 태어나서부터 늘 하고 싶고, 갖고 싶고, 되고 싶은 것으로 가득한 나날을 보내고 있습니다. 지금도 이것저것 하고 싶고, 갖고 싶고, 되고 싶은 생각으로 가득합니다.

하지만 하고 싶고 갖고 싶은 것을 지금 바로 이루겠다는 것은 아닙니다. 일종의 목표와 같은 희망 사항입니다. 이루지 못해도 불만은 없습니다. 분하기는 하지만요.

스스로 노력하지 않으면 욕망은 채워지지 않는다는 사실을 알기 때문입니다. 무언가를 위해 노력하는 것이 간단한 일이 아니라는 것도 잘 알고 있습니다. 그야말로 생활과 일, 인간관계에서 배우고 도전하고 최선을 다해야 합니다. 한계까지 자신을 몰아붙여야 합니다.

그런 의미에서 욕망이란 어떤 목표를 이루기 위한 에너지라고 할 수 있습니다. 자신을 채찍질하는 좋은 원동력이라고 생각합니다. 그러므로 욕망을 갖는 것은 건전하다고 생각합니다.

다만 어떤 욕망을 갖느냐가 중요합니다. 생리적인 욕구는 차치하고, 자신이 바라는 욕망이 무엇인가에 따라 인생에 전혀 다른 길이 펼쳐집니다. 무엇을 믿고, 무엇을 배우고, 무엇을 고민하고, 무엇을 철저히 지키고, 어떤 식으로 해야 할까? '무엇을 해야 할까?'라는 한 걸음이 가장 중요합니다. 바로 '한다' 또는 '하지 않는다'는 선택의 갈림길이기 때문입니다. 딱히 하지 않아도 살아갈 수는 있으니까요. 무엇을 믿을까, 무엇을 배울까, 무엇을 어떤 식으로 할까 생각하다 보면 순식간에 몇십 년이 흘러갑니다. 저 역시도 그런 삶이었습니다.

하지만 수많은 욕망 중에 적어도 한 가지는 어떻게든 길을 만들어 왔다고 생각합니다. 여러분도 한 가지 정도는 있을 거라고 생각해요. 두 가지나 세 가지가 있는 사람도 분명 있겠죠.

이런, 또 곁길로 새고 말았군요. 그러니까 인생이란 욕망을 힘으로 삼아 하나의 길을 만들어 가는 것입니다. 길고 좁은 길일지도 모르지만 그 길의 끝에는 분명히 너른 들판이 활짝 펼쳐져 있습니다. 욕망은 무척 개인적인 것이지만, 그 욕망을 따라온 길이 개인이라는 작은 점으로 끝나지 않았으면 합니다. 좀 더 크고 넓은 면이 있으면 좋을 것 같습니다.

그렇다면 어떤 욕망을 가져야 할까요? 역시 인생이란 욕망을 배우는 일인지도 모르겠습니다. 욕망을 이루기 위해 '한다' 또는 '하지 않는다'를 선택합니다. '한다'고 선택하면 인내가 따라옵니다. 무언가를 계속 해 나가기 위해서는 수많은 인내가 필요합니다. 음, 인내에 대해서는 다음에 더 이야기할게요.

하지만 욕망은 사실 희망입니다. 욕망이 뭐냐고

묻는다면 저는 희망이라고 답하고 싶습니다. 아니라고 생각하는 사람도 있겠지만요.

지금 당신의 욕망은 희망인가요? 스스로에게 물어 봅시다. 희망이 아니라면 '갖고 싶어 병'이라고 생각하세요. 아, '갖고 싶어 병'이라니 어쩐지 사람 냄새가 느껴집니다. 그건 그것대로 괜찮군요.

욕망은 희망.

오늘도 종잡을 수 없이 쓴 글이지만 들어 줘서 고마워요. 이번 이야기에 대해 여러분은 어떻게 생각하세요?

날씨가 추우니까 따뜻하게 하고 주무세요. 감기 걸리지 않도록.

작은 생각 18

○ 욕망이 탐욕이 되지 않도록 주의하자.

누구에게나 욕망은 있습니다. 욕망을 갖는 것은 건강한 일입니다. '이렇게 하고 싶어, 이렇게 되고 싶어'라는 욕망을 이루기 위해 사람은 배우고 또 그 배움을 통해 성장합니다. 하지만 욕망이 탐욕이 되지 않도록 주의하세요. 먹고 싶은 욕망이 없으면 살 수 없지만, 배가 부른데 도 더 먹고 싶다고 탐욕을 부리면 점점 살이 찌고 건강을 잃고 맙니다. 음식뿐 아니라 모든 욕망에 해당하는 이야기입니다.

○ 욕망을 소망으로 키워 가는 법.

바라는 마음이 자신의 욕구에서 시작하면 욕망입니다. 바라는 마음이 꿈에서 시작하면 소망입니다. 꿈은 욕구보다도 맑고 깨끗하며 많은 사람을 행복하게 만드는 힘을 갖고 있습 니다. 건강한 욕망을 잘 조절하여 소망으로 키 워 가면 좋겠습니다.

화내지 않는다, 미워하지 않는다

여전히 날씨가 춥습니다.

어머니의 외투 주머니에 손을 함께 넣고 걷던 어린 시절이 떠오릅니다. 몇 살 무렵이었을까요? 다섯 살이었던가. 어머니의 손은 조금 까슬까슬하지만 따뜻해서 좋았습니다. "왜 이렇게 손이 차갑니?"하며 제 손을 따뜻하게 잡아 주었습니다. 손을 잡고 있으면 조금 쑥스러웠지만 어쩐지 기분이 좋았습니다.

늘 그랬던 것처럼, 옆에 앉아도 될까요?

인내에 대한 이야기를 할까 합니다. 세상을 살다 보면 무엇이든 참아야 하는 일뿐인 것 같습니다. 그래서 늘 모든 것이 배움의 기회라고 생각하려고 노력하며, 불합리한 일조차도 받아들이려고 합니다. 어떤 말을 듣더라도, 상대방이 무례하거나 말투가 거칠어도 우선 참습니다. 가능한 화를 내지 않으려 합니다.

당연히 저도 슬프고 상처받고 괴롭습니다. 하지만 화는 내지 않으려 합니다. 화는 꿀꺽 삼킵니다. 속으로도 화내지 않습니다. 미워하지 않습니다. 원망하지 않습니다. 용서합니다. 한참 시간이 지나서라도.

하지만 예전에는 그렇지 못했습니다. 오해받고 싶지 않아서, 인정받고 싶어서, 본심을 전하고 싶어서 쉽게 감정을 폭발시켰습니다. 그러나 막상 화를 내자 좋은 일이라곤 하나도 없었습니다. 기껏해야 자신의 기분이 풀리는 정도일 뿐입니다. 화를 내고 나면 속이 시원하다고 하지만, 저는 그런 화풀이는 필요 없습니다. 그래서 저는 화내지 않겠다고 결심했습니다. "화내면 지는 거야. 화내고 싶어지면 웃으면 돼." 어렸을 적 할아버지께 들은 말입니다. 그때는 무슨 말인지 이해하지 못했지만 지금은 옳은 말씀이라고 생각합니다.

그래도 의견은 말합니다. 복종하지도 지배받지도 않습니다. 아첨하지도 않습니다. 의사 결정은 스스로 합니다. 모든 것을 스스로 고릅니다. 확실히 이야기합니다. 이것이 저의 답입니다. 화내는 것으로 답하지 않을 뿐입니다. 그저 화내지 않을 뿐이라는 말입니다.

그래서 저는 화내지 않기 위해 참습니다. 화를 내야 할 때도 있다고들 하지만 그래도 화내지 않습니다. 그것이 저의 신념이기 때문입니다. 어떤 일이 있더라도 묵묵히 혼자 행동하면 됩니다. 기분 나쁜 태도를 보이지 않습니다. 화내지 않는 것 때문에 이용당해도 괜찮습니다.

'자, 어때? 이래도 화내지 않을 거야?'라고 차례차례 시험을 받는 경우도 있지만 화내지 않습니다. 괴로울 때는 밤하늘에 떠 있는 별을 바라보면 괜찮아집니다. 화가 날 것 같을 때는 물을 마십니다.

참, 화내는 것과 꾸짖는 것은 다릅니다. 아이를 꾸짖는 것은 중요합니다. 화내는 것은 자신을 위한 일이고 꾸짖는 것은 상대를 위한 일이기 때문이죠.

화내지 않기는 어렵습니다. 화내지 않겠다고 굳게 결심해도 참지 못할 때가 있습니다. 하지만 화내지 않겠다고 정하면 삶의 방식을 포함해 모든 것이 변합니다. 제 스스로 경험한 일입니다. 어떤가요? 제가 이상한가요? 화내지 않는다니 인간이 아니라고 하실까요? 정말 화내지 않는 사람은 문제가 있는 걸까요?

저는 '괜찮아, 괜찮아'라며 무관심하거나 대세에 휩쓸리거나 그런 것이 아닙니다. 욱하고 화가 치밀어도 '욱'의 ㅇ쯤에서 참으며 생글생글 웃어 보는 거죠. 제 마음대로만 이야기했지만 모두 여러 가지를 참고 있을 것이라 생각합니다. 인생의 많은 부분에서 인내하고 있겠죠. 하지만 참는 것은 분명 무척 큰 배움이 됩니다.

화가 날 것 같은 때에는 '그러고 보니 마쓰우라가 그런 말을 했었지'라고 떠올려 주세요. 함께 참아 봅시다. 화는 이제 그만 졸업합시다. 화를 내서 행복해진 사람은 한 명도 없으니까요.

화내지 않으면 자신의 '무언가'가 변합니다. 이것만큼은 사실입니다. '무언가'라는 건 자신이 이렇게 되면 기쁠 만한 일입니다. 좋은 일이 많이 일어납니다. 이거 엄청난 비밀이에요. 믿어도 좋습니다.

내일부터 또 한 걸음 한 걸음 나아가겠죠. 그렇습니다. 한 걸음 한 걸음 나아갑시다. 저는 이곳에서 그대를 조용히 지켜보고 있습니다. 그리고 그대의 메시지도 항상 읽고 있습니다. 받으면 바로 읽습니다. 가끔 눈물이 흐르기도 합니다. 눈물은 참지 않습니다. 답장을 보내고 싶습니다.

다음에는 걸으면서 이야기 나눠요.

고마워요. 안녕히 주무세요.

추신: 한 걸음 한 걸음으로 충분해요. 제가 그대를 지키는 부적이 되겠습니다. 그러니까 괜찮아요. 이번 기회로 저도 인내에 대해 다시 생각해 보고 있습니다.

'화내지 않으면 마음이 전달되지 않는다. 화내지 않으면 아무것도 바뀌지 않는다. 화내지 않으면 더 심각해진다.' 이와 같은 말을 많이 해 주었는데, 듣고 보니 그럴 것도 같습니다. '음, 다양한 상황이 있겠구나. 화내지 않으면 안 되는 일도 있겠구나'라고 이해됩니다. 분명 말씀하신 대로라고 생각합니다.

그래도 저는 화내지 않는 편이 좋다고 믿습니다. 잘 설명할 수 없지만, 지금은 그렇게 느낍니다. 인내 후에 용서하고 받아들이고 인정하는 과정이 사랑과 비슷하다고 할까요. 그 속에 희미한 희망이 있지 않을까 바란다고 할까요. 어떻게 생각하세요? 또 제 말만 해 버렸네요. 조금 더 고민해 볼게요.

생텍쥐페리의 『야간 비행』을 다시 한 번 읽었습니다. 무척 좋아하는 책입니다. 처음 읽은 때로부터 벌써 20년이 훌쩍 지났습니다. 다시 읽으며 생텍쥐페리는 정말로 대단하다고 느꼈습니다. 진정한 용기란 무엇인지 가르쳐 줍니다. 20년 전에 읽고 좋아진 작가가 지금까지도 대단하다고 느껴지는 것이 정말로 기뻐요.

'아, 좋다'하고 행복했어요. 여러분도 『야간 비행』

을 읽어 보면 좋겠어요.

지금은 이렇게 이메일이라는 수단이 있지만, 옛날에는 편지를 빨리 보내기 위해서 상당한 위험을 무릅썼습니다. 칠흑 같은 하늘을 비행기로 날아간 우편 비행사가 있었다니.

한번 좋아진 것을 계속 좋아할 수 있다는 것이 멋진 기적처럼 느껴집니다.

작은 생각 19

○ '용서'는 앞으로 나아가기 위한 티켓이다.

분노와 같은 감정의 응어리가 마음속에서 굳으면 그 덩어리는 긴 끈처럼 점점 길어져서 자신을 꼼짝달싹 못하게 옭아맵니다. 몸을 움직일 수 없고 어디로도 갈 수 없습니다. 앞으로 나아가고 싶다면 용서하세요. 용서는 앞으로 나아가기 위한 티켓입니다.

○ 상대를 위해서가 아니라 자신을 위해서 용서하라.

용서는 포기가 아닙니다. '이제 됐어'라며 모르는 척하는 것도, 무관심해지는 것도 아닙니다. 용서하고 배우며 앞으로 나아가면서 성장합니다. 그러므로 모든 것을 용서하세요. 그렇게 보면 용서란 상대를 위한 일이 아닌 자신을 위한 일입니다.

○ 용서하더라도 의견은 확실히 말한다.

용서란 전부 납득하는 일이 아닙니다. 다르다고 생각한 부분이 있다면 확실히 의견을 말해야 합니다. "제 의견은 다릅니다" 또는 "저는 이렇게 생각해요"라고 직접 전하는 것이 중요합니다.

삶의 기본을 다잡는 법

"다녀왔습니다."

오늘은 이렇게 인사하고 싶습니다. 조금 멀리 나갔다 온 것 같은 기분이에요. 다시 만나 이야기할 수 있어서 기쁩니다. 정말로 제 마음은 멀리 떠나 있었으니까요.

방긋 웃으며 옆자리에 앉을게요. 무엇부터 이야기할까요? 옆에서 조금 쉬다가 이야기해도 되겠죠?

먼저 매일 '나의 기본은 무엇인가'에 대해 글을 써서 보내 주는 분이 많습니다. 정말로 기쁩니다. 감사의 마음을 전할게요. 생각이 났을 때 언제든 좋으니 꾸준히 자신을 위해 써 놓으세요. 나중에 새로 고쳐

쓰거나 지워도 괜찮습니다. 일단 쓰는 것이 중요합니다. 고민하며 적은 글은 자신의 마음 어딘가에 희미하게 새겨집니다. 이리저리 찾아보고, 들어 보고, 느껴 보고, 생각해 본 나만의 감성을 적어 두면 나중에 자신이 '나답게' 있는지를 확인해 볼 수 있는 단서가 됩니다. 쓰겠다고 마음먹었지만 쓰지 못했더라도, 단 1분이라도 써야겠다는 생각이 들었다면 그것이 작은 한 걸음이 됩니다. 마음속에 있는 것을 써 보는 일은 무척 중요합니다.

문득 '자신의 원래 모습으로 돌아가는 것'에 대해 생각해 봤습니다. 다른 누구도 아닌 나다운 모습으로 돌아가는 것은 중요합니다. 내가 무엇을 좋아하고, 무엇을 싫어하고, 무엇이 기쁘고, 무엇이 슬프고, 무엇이 즐거운가. 그런 것을 되짚어 보며 삶의 기본을 다잡는 것입니다.

우리는 매일매일 다양한 환경의 영향을 받으며 살아갑니다. 여러 가지를 배려하고 자신을 맞추고 수없이 참으며 지냅니다. 상황에 따라 다양한 모습을 취하고 어떻게든 균형을 잡고 잘 살아 보려 합니다. 하지만 그러다 보니 내가 나답지 않게 되어 버렸다고 할까요? 마치 미아가 된 듯 느껴지기도 합니다. '어, 지금 나는 어떤 모습이지?'라고요. 주변에 휩쓸리기도 하고, 물들기도 하고, 혹은 완고해지기도 합니다.

며칠 전 나가노구 에하라초에 있는 도쿄 어린이 도서관에 다녀왔습니다. 정말 멋진 곳입니다. 수많은 그림책과 동화책이 책장 가득 꽂혀 있고, 사이사이에서 아이들이 그림책을 읽고 있었습니다. 그 모습을 보고 저는 '여기가 바로 내가 가장 나답게 있을 수 있는 공간이구나. 진정한 나는 여기에 있다'고 생각했습니다. 동화책 『엘머의 모험My Father's Dragon』에 나오는 지도를 한없이 보던 어린 시절이 떠올랐습니다.

처음 이야기합니다만, 저는 그림책이나 동화, 옛날이야기를 무척 좋아합니다. 그런 현실과는 동떨어진 세계, 흔히 비현실이라고 말하는 세계는 마음속을 여행하는 듯한 기분이 들게 해 줍니다. 그곳에서는 모든 것을 믿을 수 있으며 좋고 싫고를 정할 필요도 없습니다. 어른이 되지 못하고 아이로 남은 제 자신이 있습니다. 불완전하지만 그 속에 있으면 안심이 됩니다. 마음이 따끈따끈해져요.

솔직히 말하면 어른이 되고 싶지 않은 아이가 가장 저다운 모습일지도 모릅니다. 적어도 아이들이 모이는 어린이 도서관에 있으면 자신다움이 무엇인지를 떠올릴 수 있을 것 같습니다.

그렇다고 해도 그곳으로 도피하려는 것은 아닙니다. 거기에 가면 '자신으로 돌아갈 수 있다'는 사실을 알게 되었다는 말입니다. 다행이에요. 원래 제 모습을 떠올릴 수 있어서 좋았습니다. 한동안 줄곧 미아가 된 기분이라 안정되지 못했거든요.

요즘 저는 어쩌면 조금 마음의 균형이 무너져 있는지도 모르겠어요. 그렇지만 제가 그렇게 강한 사람이 아니라는 것은 잘 알고 있어요. 그리고 언제나 어른스럽게 올바르고 강하고 현명한 행동만 하려다 보면 점점 진정한 자기 모습과 멀어져 버리기도 합니다.

여러분은 어떤가요? '내가 나다운' 상태로 지내는 것은 꽤나 어렵습니다. 이런 생각을 멍하니 하며 주

말을 보냈습니다. 어른도 가끔은 미아가 됩니다. 그래도 괜찮습니다.

자신의 마음속 아이를 소중히 여기는 일. 어릴 적 자신을 떠올리는 일. 거기에서 자신으로 돌아가는 무언가를 깨닫게 되지 않을까요?

어른이 됐어도 마음속 아이가 있다는 것을 잊지 마세요. 그걸로 충분하다고 생각합니다. 한동안 마음을 닫고 있었을 뿐이에요.

다음에도 제 이야기를 들어 주세요. 다음에는 걸으면서 이야기할까요? 함께 이야기를 나누는 친구로 있어 주세요.

작은 생각 20

○ 가끔 여행을 떠나자.

일상에서는 혼자가 되는 시간이 적습니다. 여행이란 지금 있는 장소가 아닌 다른 곳으로 가서 혼자가 되는 일입니다. 자신과 마주하는 일입니다. 가끔 여행을 떠나세요.

　○ 여행은 자신을 바라보기 위한 시간이다.

　가족이나 친구와 새로운 것을 보고 맛있는 음식을 먹는 것은 여행이 아니라 관광입니다. 관광은 무엇을 생각하기 위한 시간이 아니라 순수하게 즐기고 사람들과 만나는 시간입니다. 하지만 여행은 자신을 바라보기 위한 시간입니다. 인생에서 여행은 꼭 필요합니다. 여행을 하지 않는 사람은 혼자가 되는 경험을 하지 않는 것입니다. 여행을 떠나 혼자만의 자신과 만나세요.

'틀렸다'고 말할 것

안녕하세요?

밤이니까 작은 목소리로 이야기할게요. 늘 그랬듯이 옆에 앉아도 될까요?

밤이 되면 쿠션에 몸을 파묻고 혼자 가만히 시간을 보내곤 합니다. 그대로 잠들지는 않고 그저 멍하니 있습니다. 그 일을 정말로 그렇게 한 게 맞는 걸까? 그런 식으로 해도 되는 걸까? 앞으로 대체 어떻게 되는 걸까? 이런 생각을 한참 합니다. 옳고 그름을 따지는 것이 아닙니다. 누군가 상처받지 않았을까? 내가 모르는 곳에서 누군가 슬퍼하고 있지 않을까? 이런 생각이 늘 마음에 걸립니다.

그러므로 '틀렸다'고 생각한 일은 가능한 빨리 '틀렸다'고 말합니다. 그러지 않으면 틀린 부분이 점점 커져 잘못된 상태로 진행되어 버리기 때문입니다.

초등학생 때 불치병에 걸린 친구가 여자아이에게 놀림을 당한 일이 있었습니다. 그 친구는 처음에는 참았지만, 하루는 너무 심한 말을 듣고 화가 난 나머지 그만 자신을 놀린 여자아이를 때리고 말았습니다. 그 일로 친구는 여자아이의 부모님과 학교 선생님께 불려가 야단을 맞았습니다. 여자아이에게 폭력을 휘두르다니 있을 수 없는 일이라는 것입니다. 친구는 자신이 여자아이를 때린 이유를 말하지 않았습니다. 아니, 말할 수 없었습니다. 병에 대한 문제였으니까요.

처음부터 끝까지 상황을 알고 있던 나는 이 모든 상황이 '잘못됐다'는 생각이 들었습니다. 그날 밤 혼자 여자아이의 집을 찾아갔습니다. 여자아이가 친구에게 어떤 말을 퍼부었는지 그 아이의 부모님께 말

쏨드렸습니다. 야단을 맞을 사람은 친구가 아니라 여자아이라고 말했습니다. 그때 여자아이가 저를 보던 눈빛을 지금도 잊을 수 없습니다.

다음 날 저는 학교 선생님께 불려가 지난밤에 한 일에 대해 야단맞았습니다. 친구 대신 복수하러 갔냐는 말을 들었습니다. 결국 저의 마음은 통하지 않았습니다. 친구는 "이제 됐다"며 그 일을 거기서 끝냈습니다. 저는 "괜찮지 않아"라고 말했지만 친구는 대답하지 않았습니다. 여자아이는 끝까지 사실을 말하지 않았습니다. 하지만 저는 그날 밤 여자아이의 눈빛을 믿고 있습니다. 그 눈빛은 미안하다고 말하고 있었으니까요.

'틀렸다'고 말해도 변하는 것은 없을지 모릅니다. 하지만 '틀렸다'는 말을 들은 누군가 한 명 정도는 그 순간을 잊지 않을 것이라 생각합니다. 마음속으로 조금은 미안하다고 생각할지 모릅니다. 그것만으로 충분할 수 있습니다. 물론 제 자신에게도 잊을 수 없는 기억으로 남겠지요.

어쩌면 제가 틀릴수도 있습니다. 그 또한 잘 알고 있습니다. 그러므로 '틀렸다'고 말한 후에는 늘 괴롭습니다. '누군가 상처받지 않았을까? 누군가 슬퍼하지 않을까? 내가 모르는 곳에서……'라며 걱정하게 됩니다.

저는 틀렸다고 생각한 것을 "틀렸다"고 말해 왔습니다. 그러면 늘 누군가가 "이제 됐어"라고 말하고, 저는 "괜찮지 않다"고 말했습니다. 그리고 괴로웠습니다. 누군가 상처받지 않았을까, 누군가 슬퍼하지 않을까, 내가 모르는 곳에서…….

싸우고 싶어서 '틀렸다'고 말하는 것이 아닙니다. 비난하려고 '틀렸다'고 말하는 것이 아닙니다. 대부분의 사실이 드러나지 않았기 때문입니다. 감정적으로 말하는 것도 아닙니다.

제가 틀렸을 수 있다는 사실도 알고 있습니다. 그렇지만 잠자코 있을 수 없습니다.

어쩐지 푸념을 늘어놓은 것처럼 되었군요. 미안해요. '틀렸다'고 생각하는 자신이 틀렸을지도 모른다면 입 다물고 가만히 있는 편이 좋을까요? 어떨까요? 제가 조용히 있는 법을 배워야 할까요? 밤이 되면 혼자서 그런 생각만 하고 있습니다. 여러분은 어떻게 생각하세요? 제가 어리석은 걸까요?

作은 생각 21

○ 상처를 입히고 도망치지 마라.

누군가를 상처 입히고 무언가를 망가뜨리거나 잃어버리는 일은 상당히 심각해 보이지만 일상적으로 일어나는 일입니다. 인간은 연약하고 쉽게 잘못을 저지르기 때문에 늘 누군가에게 상처 입히거나 무언가를 망치거나 잃어버립니다. 중요한 것은 상처 주고 망가뜨린 채 내버려 두고 도망치지 않는 것입니다. 새로운 것을 찾아가기보다 복원할 방법을 생각해야 합니다.

○ 세 배 노력하여 고치자.

자신이 상처를 입으면 '아, 큰일 났어'라며

치료합니다. 다른 사람이나 물건도 마찬가지입니다. 상처 입히면 안 되고 상처를 입혔다면 원래대로 돌아갈 수 있도록 치료해야 합니다. 상처를 치료하기 위해서는 평소보다 세 배의 노력을 들여야 합니다. 망가뜨린 물건을 고치는 데는 다섯 배 정도의 노력을 들여야 합니다. 한 번 잃어버린 물건을 되찾는 데는 열 배의 노력을 들여야 합니다. 그래도 포기하지 않고 노력하면 분명 상처가 아물어 되돌릴 수 있습니다.

○ 고쳐서 신뢰를 만들어 가자.

고치는 일을 중요하게 생각하지 않고 도망치는 사람도 그럭저럭 일을 해 나갈 수는 있습니다. 하지만 모르는 사이에 세상의 신뢰를 잃은 채로 살아가게 됩니다. 세상의 신뢰를 받지 못하면 중요한 일을 맡을 수 없습니다. 사람들은 제로에서 무언가를 만들어 내는 일을 '창조'라고 생각하지만 고치는 일도 '창조'입니다. 지루하고 괴로운 일이지만 망가진 것을 고치는 일은 인생이 우리에게 주는 시험입니다. 도망 치지 말고 성실히 임해야 합니다.

고독의 바다에는 항상 구조선이 있다

어린 시절에는 밤이 되면 문득 친구가 보고 싶어졌습니다. 친구네 집 앞까지 가서 문을 두드릴까 망설이고 있을 때, 친구 엄마가 저를 알아 보고 친구를 불러 주었습니다. "우와, 야타로! 무슨 일이야?" 친구는 놀란 얼굴로 물었습니다. "아니, 딱히 별 일이 있는 건 아닌데"라고 대답했더니 "들어올래?"라고 말해 줬습니다. 결국 한밤중까지 그 친구 가족과 텔레비전을 보고 이야기를 나누다가 집으로 돌아왔습니다. 집으로 가는 길에 견딜 수 없을 만큼 쓸쓸해져서 눈물을 뚝뚝 흘렸습니다.

그 시절에는 우리 집이 있는데도 어째서인지 돌

아가고 싶지 않았습니다. 그래서 거의 매일 밤중에 상점가나 공원을 직성이 풀릴 때까지 걸어 다녔습니다. 어떻게 말해야 할까요? 나와 가족이라는 현실과 마주하기 싫었던 것일까요? 아무튼 아직 어린 저에게 현실은 고달픈 것이었습니다.

뉴욕에서 만난 다케시도 혼자였습니다. 다케시는 뉴욕 5번가의 길거리에서 직접 그린 그림을 팔았습니다.

"흔히 고독이 이러쿵저러쿵 말하는 사람이 있는데 말이야, 그건 진짜 고독을 모르니까 그런 말을 할 수 있는 거야. 나는 고독이라는 단어를 듣는 것만으로도 몸이 떨릴 만큼 무서워. 야타로가 웃는 모습을 보고 느낀 건데 고독을 충분히 아는 웃음이야. 얼마나 혼자 있었을까 싶어." 제가 자주 묵던 맨해튼의 싸구려 호텔 바닥에 앉아서 다케시가 말했습니다.

다케시는 그림을 그릴 때마다 제게 보여 주러 왔습니다. 그림이 팔리면 도넛을 사 주기도 했습니다. 미국 소설가 윌리엄 버로스^{William Burroughs}를 존경하던 다케시는 버로스처럼 항상 검은 가죽 구두를 신었습니다. 그리고 어릴 적의 저처럼 밤이 되면 제 방 앞을 어슬렁거렸습니다. 발소리나 휘파람 소리를 듣고 제가 문을 열기를 기다렸습니다.

"다케시, 무슨 일이야?"라고 물으면 "아니, 별 일은 아닌데"라고 답했습니다. "방에 들어올래? 아니면 밖으로 나갈까?"라고 하면 다케시는 고개를 숙인 채로 "얘기를 하고 싶은데"라고 말했습니다. "이따가 9번가에 있는 도넛 가게에 가자"라고 말하면 "응" 하며 미소 지었습니다. 다케시는 화이트 초콜릿이 듬뿍 올려진 도넛을 좋아했습니다.

"고독이라는 단어를 듣는 것만으로 몸이 떨려."

제가 평생 잊을 수 없는 말입니다. 고독은 인간의 조건이라고들 하지만 고독은 그만큼 무서운 것입니다. 저는 알고 있습니다. 그래서 항상 '어떻게 사람을 대해야 하고, 어떻게 다른 사람과의 관계를 만들어가야 할까? 어떻게 다른 사람을 배려하고 사랑해야 할까?' 생각합니다. 어떻게 살아야 하는 걸까요? 희망을 잃지 말고 이를 악물면 몇 번을 넘어지고 무너져도 몇 번이고 다시 일어날 수 있습니다.

그리고 지금도 이따금 문밖에 누군가가 서 있는 건 아닐까 생각할 때가 있습니다. 문이 열리길 기다리는 사람이 있는 건 아닐까? 만약 누군가 기다리고 있다면 재빨리 문을 열어 주고 싶습니다. 저 역시도 문을 열어 주길 바라며 기다릴 때가 있으니까요.

누군가 보고 싶어지는 밤에 저의 오래전 이야기를 들어 주어 고마워요. 날씨가 조금 풀리면 다음에는 걸으며 이야기 할까요? 밤 산책은 어떠세요? 그대의 이야기도 들려 주세요.

안녕히 주무세요. 감기 조심하세요.

○ 좋은 일만 있는 것은 '나쁜 일'이다.

매일 아무런 문제없이 좋은 일만 계속된다면 일주일 정도는 기분이 좋을지 모릅니다. 하지만 한 달 그리고 일 년 동안 그런 상태가 지속되면 사는 보람을 느끼지 못합니다. 고생을 하고 괴로운 일을 겪어야 새로운 것을 배울 수 있습니다. 생각하는 대로 일이 진행되지 않기 때문에 성장하는 것입니다. 괴로운 일이나 망설여지고 모순되는 일을 만났다면 정면으로 마주하세요.

○ 자신에게 들려줄 말을 적어 둘 것.

흔히 "자신이 극복할 수 없는 일은 일어나지 않는다"고 합니다. 이유 없이 하루 종일 마음이 복잡한 날에 들으면 좋을 말을 준비해 두면 도움이 됩니다. 마음이 가라앉고 잠들지 못하는 때를 위한 말을 몇 가지 준비하세요. 아무도 말해 주지 않으니까 스스로 자신에게 말해 줍니다.

○ 고독의 바다에는 수많은 구조선이 떠 있다.

끝없이 고독한 싸움을 이어가며 홀로 폭풍우 치는 밤에 항해를 하고 있는 것 같을 때가 있습니다. 그러나 포기하지 않고 노력하다 보면 언젠가 극복할 수 있습니다. 처음에는 '내 힘으로 어떻게든 이겨냈다'고 생각하지만, 시간이 지나면 여러 사람이 도와 준 덕분이라는 사실을 깨닫습니다.

신기하게도 구조선은 고독을 견뎌 낸 후에만 보입니다.

○ 자신을 불쌍히 여기지 말자.

아무리 괴롭고 힘들어도, 아무리 불합리한 상황에 놓여 있어도 자신이 희생자가 되어 버리면 모든 것이 끝납니다. 스스로를 불쌍하게 여기면 도망가기 편하지만 아무것도 배우지

못합니다. 아무런 싸움도 하지 못하고 점점 더
고독해집니다.

겉과 속을 모두 소중히

오늘도 잘 지내고 계신가요? 어린 시절 저는 어딘가로 한번 떠나면 되돌아오지 않는 소년 같았습니다. 실이 끊긴 연 같다고 할까요? 함흥차사라고 하나요? 잠시 옆에 앉아서 이 이야기를 해 볼게요.

어려운 것을 쉽게

쉬운 것을 깊이 있게

깊이 있는 것을 유쾌하게

유쾌한 것을 성실하게

성실한 것을 엉성하게

엉성한 것을 똑바로

똑바른 것을 모자라게

모자란 것을 두근두근하게

두근두근한 것을 아무렇지 않게

아무렇지 않은 것을 확실하게

쓸 것.

노트를 사면 저는 반드시 첫 페이지에 이렇게 써 둡니다. 이 글은 작가 이노우에 히사시井上ひさし 씨가 자신이 일을 대하는 자세를 쓴 것입니다. 그의 '일의 기본'입니다. 얼마나 이해하기 쉽고, 얼마나 성실하고, 얼마나 인간답고, 얼마나 멋진 말인가요.

이미 몇 년이나 읽어서 익숙해진 글인데도 읽을 때마다 그의 훌륭한 지혜에 감동합니다. 그의 작품은 모두 이런 마음가짐으로 이뤄져 있습니다. 읽으면 기운이 나는 글이기도 합니다. 이노우에 히사시 씨는 작가이므로 맨 끝에 '쓸 것'이라고 썼습니다. 거기에 자신의 단어를 넣어 보세요.

한 마디로 하면 어떻게 표현할 수 있을까요? 저는 아마도 '재미있게'가 아닐까 생각합니다. 옳다거나 훌륭하다거나 아름답다거나 그런 것보다도 우리가 일을 하고 생활을 할 때 가장 중요한 것은 '재미있게'입니다. 재미가 없으면 아무리 가치가 있다고 해도 마음이 그쪽으로 향하지 않습니다. 그리고 열심히 하면 할수록 사랑을 쏟으면 쏟을수록 점점 재미있어진다고 생각합니다.

저는 예전에 『생활의 수첩』에서 '진짜니까 재미있다. 재미있으니까 도움이 된다'는 캐치프레이즈를 크게 내세운 적이 있습니다. 무엇이 어떻든 간에 재미가 없으면 아무것도 시작되지 않는다는 의미입니다. 따라서 『생활의 수첩』은 올바르기보다는 재미있어야 한다고 생각했습니다. "생활을 더욱 재미있게 만들자. 재미있으니까 더욱 생활을 즐길 수 있다"고 말하고 싶었습니다. 당시 편집자이던 오하시 시즈코★橋鎭子 씨도 제게 이런 말을 했습니다. "결국 무엇이든 당신이 재미없으면 안 되는 거죠?"라고요.

사람은 어떻게든 흑백을 확실히 나누고 싶어 합니다. '예/아니오' 혹은 '좋다/나쁘다'를 나누고 싶어

하지만, 겉과 속을 모두 소중히 하는 마음이 필요합니다. 앞뒤가 공존하는 균형 감각입니다. 한쪽으로 기울지 않고 왔다 갔다 하는 모순된 마음이라고 할까요? 세모라고 할까요? 그럴 때 사람은 더욱 사람다워지고 사랑스럽습니다.

그러면 우리는 매일 무엇을 열심히 하면 좋을까요? 그것이야말로 이노우에 히사시 씨가 쓴 이 글에서 찾을 수 있습니다. 저는 이 글처럼 살고 싶습니다. 실천하기는 어렵지만 그래도 포기하지 않고 그렇게 살고 싶습니다.

어렸을 때 조각가이자 시인인 다카무라 고타로高村光太郎의 시 〈가장 낮으면서 가장 높은 길〉을 읽고 눈앞이 환하게 밝아지는 느낌을 받았습니다. 최저와 최고는 늘 함께한다는 사실을 깨달은 것입니다. 벼락을 맞은 기분이었습니다. 나는 최저에 있지만 그래도 괜찮다. 이런 마음을 가질 수 있다면 얼마나 편안해질까요? 나는 가장 낮지만 가장 높다. 나는 가장 높지만 가장 낮다. 이것이면 충분합니다. 이렇게 자신을 믿으며 자신을 사랑했으면 합니다. 더 재미있는 사람이 되고 싶습니다.

어려운 것을 쉽게. 쉬운 것을 깊이 있게. 깊이 있는 것을 유쾌하게. 유쾌한 것을 성실하게. 성실한 것을 엉성하게. 엉성한 것을 똑바로. 똑바른 것을 모자라게. 모자란 것을 두근두근하게. 두근두근한 것을 아무렇지 않게. 아무렇지 않은 것을 확실하게. 쓸 것.

울고 싶은 일이 무척 많습니다. 하지만 자신을 믿으며 받아들이고 사랑하며 재미있게 걷고 싶습니다. 앞으로도 친하게 지내 주세요. 이야기하고 싶은 것이 많습니다.

이제 곧 여름입니다. 다음에는 걸으면서 이야기해요. 밤 산책하기로 약속해요.

안녕히 주무세요.

○ 모든 것의 근원은 '나 자신'이다.

　사람이 세상에 태어난 것은 자신이 태어나고 싶어 했기 때문입니다. "저요. 태어나고 싶습니다!"라고 손을 들었기 때문에 하나의 생명으로 태어났습니다. 그리고 분명 '세상에 태어나면 이런 일을 해야지'라는 목적을 가지고 나옵니다. 그런데 그것을 잊고 살아갑니다. 좋은 일, 나쁜 일, 즐거운 일, 슬픈 일, 옳은 일, 잘못된 일, 모든 것의 근원은 '자신'입니다. 자신이 경험하고 싶다고 생각하기 때문에 여러 가지 일을 겪습니다. 살아간다는 것은 무척 능동적이고 멋진 일입니다.

다시 데우는 나날

오늘 밤은 걸으면서 이야기 나눠요. 천천히, 멍하니, 느긋하게 걷다가 지쳤을 때는 어딘가 앉아 쉬어도 좋습니다. 비가 내리면 나무 밑에서 비를 피하기도 하고요.

문득 이런 생각을 했습니다. 무엇이든 따뜻하게 새로 데울 필요가 있지 않을까요? 무엇이든 시간이 흐르면 반드시 차갑게 식습니다. 영원히 따뜻한 상태를 유지하기는 힘듭니다. 만약 그렇다면 상당한 노력을 들이고 있을 것입니다. 최선을 다하고 있는 것입니다. 식지 않는 것은 없으니까요.

이상한 말처럼 들리겠지만, 보통은 차갑게 식어

갑니다. 그것은 어떤 의미로는 자연스러운 일이므로 누군가가 잘못했기 때문은 아닙니다. 그러므로 차갑게 식은 것을 포기하거나 후회하지 말고, 식은 것을 발견했다면 바로 조금이라도 따뜻하게 새로 데워야겠다고 생각하는 것이 중요합니다. 그런 마음을 잊지 않아야 합니다.

갓 만들었을 때의 따끈따끈한 상태로는 되돌릴 수 없을지라도 최선을 다하면 손에 온기를 느낄 정도로는 데울 수 있습니다. 차가움이 가실 만큼은 되돌릴 수 있습니다.

그런 열심을 다하는 노력이 행복으로 이어진다는 생각이 듭니다. 다시 데워 보고자 노력하는 자세는 분명 사람을 성장시킵니다. 그것이 사람으로서 해야 할 올바른 행동이고, 그것이 바로 행복의 씨앗이 되어 줍니다.

물론 '할 만큼 했어'라는 생각이 들 때도 있습니다. 하지만 식은 채로 내버려 두지 않고 손의 온기로 따뜻하게 데워 보려는 시도만으로도 달라집니다. 갓 만들어진 음식도 맛있지만 다시 데운 음식도 뒤지지 않을 만큼 맛있습니다. 여러 다른 일에서도 마찬가지입니다.

자신과 주변에서 다시 따뜻하게 데워야 하는 것이 무엇인지 곰곰이 관찰하고, 차가워진 것이 있으면 어떻게 해야 다시 데울 수 있을지 생각해 봅니다.

생활이란 계속해서 무언가를 만드는 일이기도 하지만 그만큼 다시 데우는 나날이라는 생각도 듭니다. 무엇이든 금세 식어 버리니까요. 완전히 식어 버리기 전에 모두가 함께 틈틈이 다시 데우는 날들입니다. 어쩌면 모두가 이미 무의식적으로 그렇게 살고 있는지 모릅니다. 그렇게 지내고 싶습니다.

다시 데우다가 때로는 눈물을 흘릴 일도 있을 거예요. 소중히 여긴다는 말은 다시 데워 따뜻하게 유지한다는 의미가 아닐까요?

생활 속에는 갓 만들어 낸 따뜻한 것과 다시 데운 것이 항상 공존하지만, 아무래도 갓 만들어 낸 것에 신경을 빼앗겨 버립니다. 반복해서 다시 데우는 일을 잊기 쉬우니까요. 저도 늘 잊어버립니다. 지금까지도 종종 그렇습니다. 그러므로 다시 데우는 일에 더 마음을 쓰고 싶습니다. 제 자신과 저와 관련된 이런저런 일을 다시 되돌아보면서요.

행복은 온기입니다. 시간이 걸려도 다시 데우는 일은 중요하다는 이야기를 전하고 싶었습니다.

내일도 날씨가 맑았으면 좋겠어요. 여름 감기 걸리지 않도록 조심하세요. 또 이야기 나눠요.

오늘도 안녕히 주무세요.

작은 생각 24

○ 후퇴하지 않도록 용기를 갖자.

사람은 여러 경험을 통해 배우며 착실히 성장하다가도 원래대로 되돌아가기 쉽습니다. "이제 됐어"라며 포기하는 게 더 편하기 때문입니다. 매번 쉽게 도망칩니다. 이제 됐다는 자만심으로 자신을 성장시켜 줄 시험으로부터 도망치는 겁니다. 그러면 눈 깜짝할 사이에 후퇴

해 버립니다. 후퇴하지 않기 위해서 용기를 가지세요. 고쳐 나갈 용기, 다시 따뜻하게 데울 용기, 계속해서 도전할 용기. 힘껏 용기를 내어 후퇴하지 않도록 노력합시다.

○ 용기의 근원은 감사.

지금의 내 모습은 나만의 힘으로 이뤄 낸 것이 아닙니다. 수많은 사람, 다양한 물건, 여러 가지 일, 그리고 이런저런 인연의 도움으로 겨우 지금의 내가 있을 수 있습니다. 자신을 도와준 모든 것에 감사하는 마음이 있다면 쉽게 이전 모습으로 후퇴하지 않습니다. '애써 이만큼 키워 주셨는데 헛되게 할 수는 없다'고 생각하면 몇 번이고 다시 시작하고 데울 수 있습니다.

도판 목록

옮긴이 **부윤아**

세종대학교 경제학과를 졸업하고 책을 좋아하는 사람들과 소통하고자 번역가의 길을 택했다. 현재 엔터스코리아 일본어 번역가로 활동 중이며 주요 번역서로 『에도 명탐정 사건 기록부』, 『2020년 인공지능이 내 곁으로 다가왔다』, 『피케티의 21세기 자본을 읽다』, 『이과에 강한 아이로 키우는 공부법』, 『행운은 반드시 아침에 찾아온다』 등이 있다.

울고 싶은 그대에게

1판 1쇄 펴냄   2018년 1월 25일

지은이   마쓰우라 야타로
옮긴이   부윤아

출판등록   제2009-000281호(2004.11.15)
주소   121-914 서울시 마포구 상암동 1654 DMC이안오피스텔 1단지 2508호
전화   영업 02-2266-2501 편집 02-2266-2502
팩스   02-2266-2504
이메일   kyrabooks823@gmail.com
ISBN   979-11-5510-060-8 03830

Kyra

키라북스는 (주)도서출판다빈치의 자기계발 실용도서 브랜드입니다.